大江戸火龍改《おおえどかりゅうあらため》

夢枕 獏

講談社

大江戸火龍改

装幀◉吉田浩美・吉田篤弘［クラフト・エヴィング商會］
装画・イラスト◉スカイエマ

目次

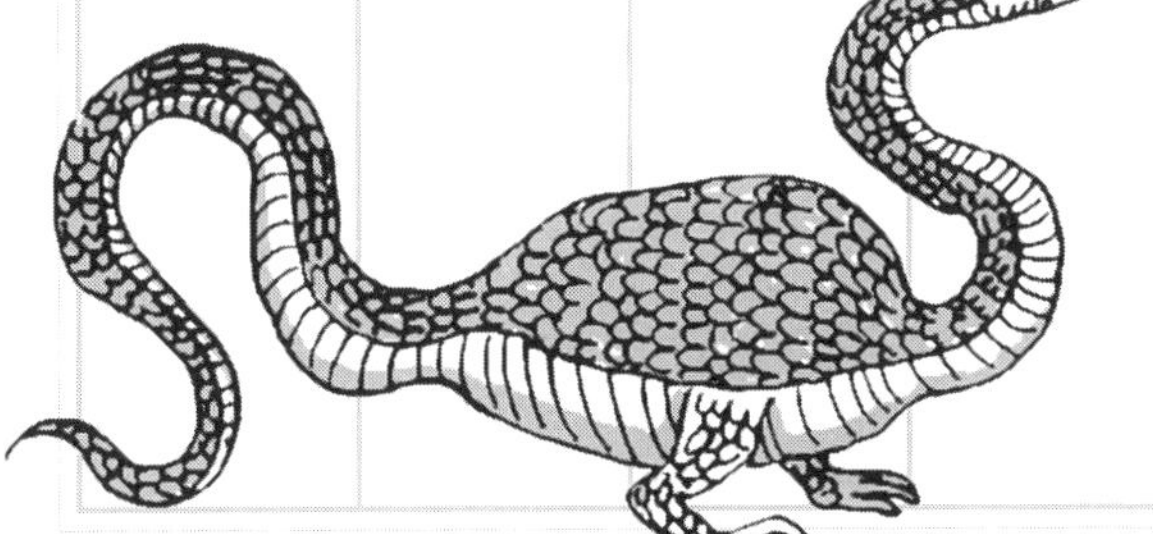

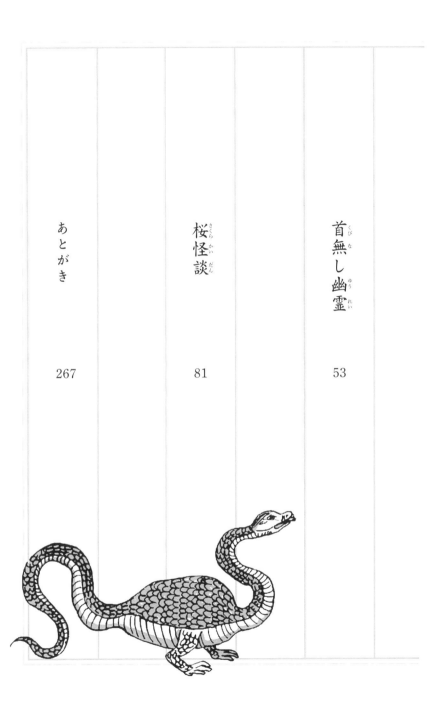

登場人物

遊斎《ゆうさい》……主人公。年齢不詳の謎の男。人形町の鯰《なまず》長屋に住んでいる。

平賀源内……蘭学者、戯作者、発明家。遊斎の友人

間宮林太郎……与力

如月《きさらぎ》右近……剣の名手

長吉、松吉、次郎助……近所の子供たち

桜怪談

土平《どへい》……江戸で人気の飴売り

仁左衛門……ありた屋主人

妙……〃お内儀《かみ》

源治郎……〃長男（仁左衛門の前妻・そのとの子）

進三郎……〃次男

咲……〃嫁（進三郎の妻）

光……〃長女

嘉兵衛……〃番頭

富……〃女中頭

とらまる……ありた屋で飼っている犬

播磨《はりま》法師……播磨出身の謎の老人

大江戸火龍改

火《か》龍《りゅう》改《あらため》の語《こと》

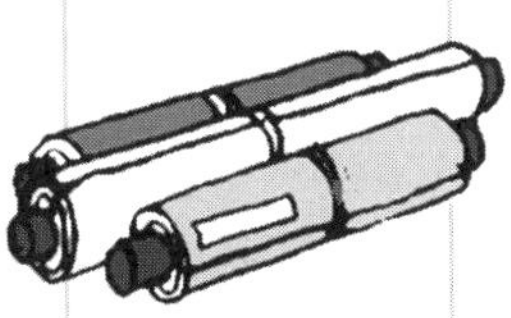

通称「火龍　改《かりゅうあらため》」――正式には化物龍類　改《けぶつりゅうるいあらため》という。この〝化〟が〝か〟と発音されるようになり、それに〝火〟の字があてられ、〝化〟が〝火〟となって「火龍改」となったと言われているが、それがいつかというと、実はよくわかっていない。この役職がいつ頃できたのかというと、これも定かでない。元禄の頃にはすでにあったとされているが、ではどのくらい前からあったのかを知る者はなく、もちろん文字資料としても残されていない。

江戸幕府が定めた組織や役職にはこの名がない。というのも、この「火龍改」、幕府の機構のどこにも所属しないからだ。彼らが扱うのは、専ら人外のものたちだからである。

火附盗賊　改《ひつけとうぞくあらため》は、犯罪者を捕え拷問《ごうもん》などすることはあっても、裁判権がない。火盗改が捕えた者たちを裁くおりには、老中《ろうじゅう》の判断が必要となるのに対し、「火龍改」は自らの判断でこれを裁くことができる。それは、相手が人外《にんがい》のものであるからに他ならない。

例外的に、相手が人であったり人が関わっている場合には、公に判断を仰ぎはするが、秘密裡《ひみつり》に事を運ぶことが優先される。

「火龍改」の仕事は、人間のふりをして人間の中に紛《まぎ》れ込んでいるものを狩ることであり、あるいは、人に害をなすものを祓《はら》ったり鎮《しず》めたりすることである。

しかし、不可思議のこと多くあったとしても、これが人に害をなさぬ限りは、そのままにしておくのもまた「火龍改」の役割でもあるのである。

「火龍改」の頭《かしら》は、表向きは老中が定めることになっていると言われているが、実はこれもはっきりしていない。その配下の者たちについては、時の頭の裁量にまかされているらしいが、その頭はいつの時代もずっと同じ人間であったのではないかとする資料もある。配下の者は、武士から選ばれることも時にあるが、多くの場合は陰陽師《おんみょうじ》であったり、僧籍にあったりする者から選ばれるようである。

通常は、頭の居宅が役宅《やくたく》として使用され、「火龍改」の役にある者には、幕府から〝鬼類《きるい》御免状《ごめんじょう》〟が発行され、これを所持したる者は、寺社であろうと武家の屋敷であろうと自由に出入りすることができる。

彼らが関わった事件は、江戸の歴史を通じて多々あるが、このこと、『徳川実紀』にも記されていない。

大江戸火龍改

遊《ゆう》斎《さい》の語《こと》

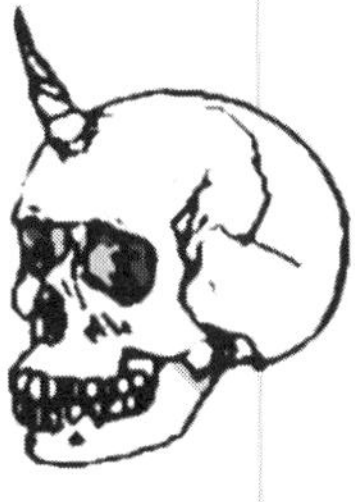

〔一〕

奇妙な漢《おとこ》がいるのである。

白髪《はくはつ》である。

しかし、生気の抜けた老人の白髪とは違って、艶があり、なまめかしい。

その長い白い髪を、頭の後ろで無造作に束ね赤い紐《ひも》で結んでいる。

支那《しな》の国の人間ではないのに、いつも道服《どうふく》の如きものを身に纏《まと》っている。

髪が白いため、遠目には老人のように見えるのだが、近くに寄って見れば、若い。三十代に見える。せいぜいいっていても三十代後半くらいではないか。話をすれば、やけに古いことや、世間のことに長じていて、並の老人などよりよほど物知りである。

眸《め》が赤い。

年齢不詳――

ただ、子供たちがよく集まってくる。

名を、遊斎という。

人形町《にんぎょうちょう》の鯰《なまず》長屋に住んでいて、狭い部屋の中は、古い箱やら巻き物やら、杖やら、仏像やら、何が何やらわからぬ異国《とつくに》の化物《ばけもの》のような像やらが転《ころ》がっている。

独りで住んでいるはずなのに、夜半、艶《いろ》っぽい女の声が聴こえてきたりするというのである。

この遊斎のところへ、よく訪ねてくる身体の大きな飴《あめ》売りがいて、子供たちの顔を見かけると、

「どうじゃ、これを舐《な》めるか」

売りものの飴をくれてやるので、子供たちも集まってくるのであろう。

ある時――

近くの子供たちが数人、長屋の井戸の前に集まって、大きな声で話をしている。

喧嘩《けんか》をしているようである。

「おまえだろ、松吉《まつきち》、おいらの唐芋《からいも》喰ったのは――」

「ちがわい。おいら、なんにも喰っとらん」

「おいらと、次郎助《じろすけ》が相撲《すもう》取っとる間に、おまえが喰うたんじゃ」

「おまえの唾《つば》のついた芋なんぞ、だれが喰うか、長吉《ちょうきち》のばかたれ」

それが、ちょうど、遊斎の家の前であった。

「どうしたのです?」

遊斎が出てきて問えば、こういうことであった。

長屋の裏手に、小さな社《やしろ》があって、そこで、子供たち三人で相撲を取っていたというのである。

棒きれで、地面に丸を描き、まず、松吉と次郎助が相撲を取った。

次郎助が勝って、今度は長吉と次郎助が取ることになった。

長吉は、家で焼いてもらった唐芋を食べながら、次郎助と松吉の相撲を見ていたのだが、自分の番が来て、食べかけの芋を地面の上に置いて、次郎助と相撲を取った。これは、次郎助を投げとばして長吉が勝ったのだが、ここで問題が起こった。

食べかけのまま、地面の上に置いていたはずの唐芋が失《な》くなっていたのである。

これを、自分と次郎助の取り組を眺めていた松吉が喰ったのであろうと、長吉が怒っているところであった。

「嘘《うそ》つき」

「嘘つきはおまえじゃ」

ふたりのやりとりはきりがない。

「この前も、芋が失くなった。おまえが喰ったのじゃ、松吉——」

「そんなことするか」

それを聞きながら、

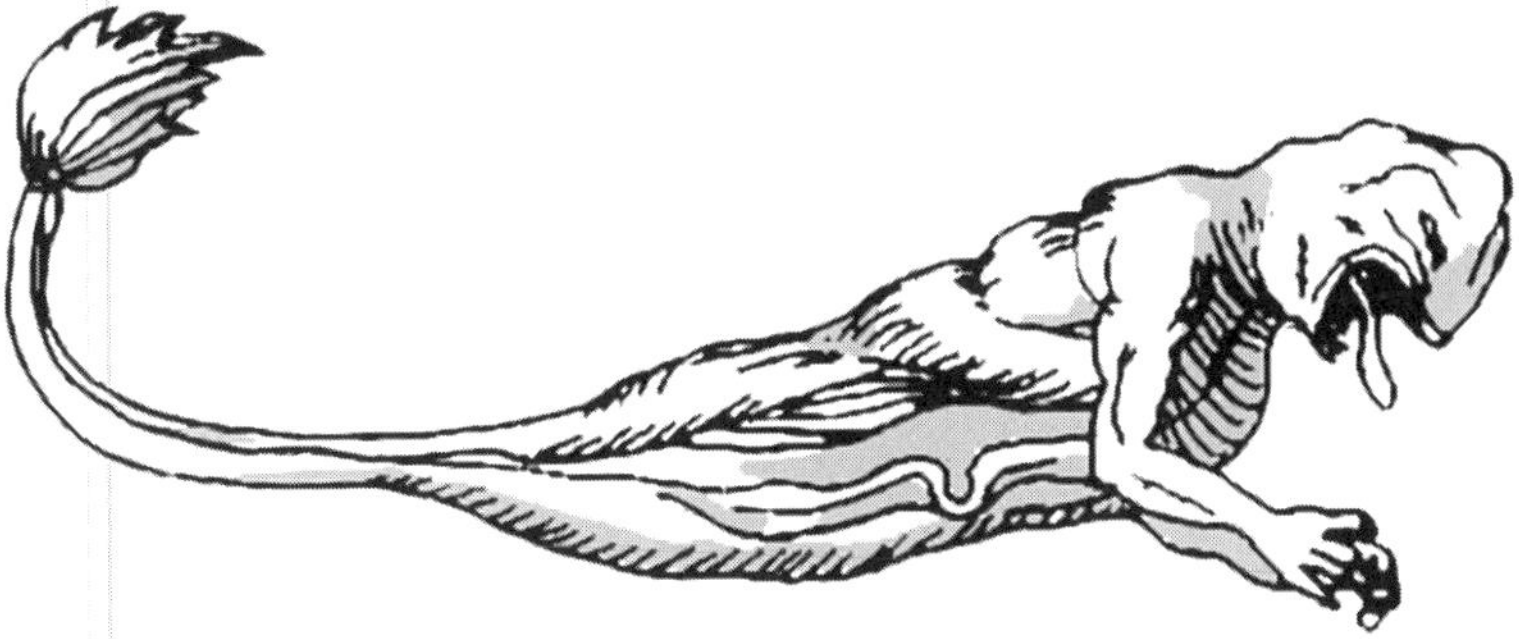

「まあ、待ちなさい」

遊斎がふたりの間に割って入った。

「猫か、犬か、烏《カラス》か、おおかたそんなもののしわざであろう」

遊斎は、三人を連れて、裏の社へ行った。

現場へゆけば、何かわかるであろうと、遊斎は考えているようであった。

境内《けいだい》に立つと、なるほど石畳の横の地面に輪が描かれていて、そこで相撲を取ったのであろうとわかる。

烏か、犬か——

あたりを見回していた遊斎が、ふと眼をとめたのは、地面の上の不思議な模様であった。まるで、波のように、輪のかたちに、何重にも土が盛りあがっているのである。盛りあがりはわずかであったが、注意深く見ればそれとわかる。

「ほうほう」

とうなずきながら、遊斎は、すぐ近くの竹藪《たけやぶ》の中へ入ってゆき、懐から短刀を出して、
かっ、
かっ、

と、竹を切った。

節がひとつの竹筒を作ったのである。

その竹筒の口の方を下にして、遊斎はそれを地面に立て、上になった節の方へ、右耳をあてた。

しばらく何かを聴いている様子であったが、やがて、

「ははあ、そうか……」

遊斎はうなずいた。

「ちょっともどりますよ」

三人を連れていったん長屋にもどり、自分の家から、何やら懐に入れて外に出てきた。

境内にもどり、今度は、さっき竹筒を作った竹藪から、長さが二間に満たない竹を切り出して、枝を落とした。

一本の竹竿《たけざお》をこしらえたのである。

その竿の先端へ、懐の中から出してきた紐を縛りつけた。垂らしたその紐の先に、大きめの鉤《はり》が一本ついていた。

紐の途中には、浮子《うき》まで付いている。

地面の、波紋に似た模様のあるところを指差して、

「穴を掘りますよ」

遊斎の言葉に、子供たちは、棒きれと手でそこに穴を掘りはじめた。

深さが二尺ほどになったところで、

「よし」

遊斎が、穴掘りをやめさせた。

「さあて」

と、遊斎が竿を持ちあげると、紐の先でぶらぶら揺れているのは、鉤にかけられた、輪切りにした唐芋であった。

遊斎は、その唐芋を穴に落とし、すぐにその穴を埋めさせた。

タナをあらかじめ調整していたのか、赤い浮子が、みごとに土の上に立っている。

「これでいいでしょう」

遊斎は、竿尻──竿の手元側を地面に突き立てた。

「さあ、ひと休みしながら待つとしましょうか──」

遊斎は、石畳の上に腰をおろしてしまった。

子供たちは、いったい遊斎のやっていることが何であるかわからず、

「遊斎先生、これ、どういうことなんです?」

あれこれ訊《たず》ねてくるのだが、遊斎は、

「そのうちにわかります」

と、ぼんやり竿と浮子を眺めている。

それは、ふいに来た。

最初に、土の上の浮子が、ぴくりぴくりと動いたかと思うと、それが、いきなりぐっと地中に吸い込まれたのである。

「きたっ……」

遊斎は、竿を両手で握った。

次の瞬間――

二間の長さの竿が、満月の如くにしなり、その先端は、土の中に潜り込んでいる。

竿一本どころか、それを握っている遊斎まで呑み込みそうな勢いである。

土中で、何かが獣のように暴れている。

「む」

「む」

と、遊斎は、両膝と腰を曲げてけんめいに堪《こら》えている。

やがて――

土の中から釣りあげられたのは、長さ五尺の、巨大な鯉《こい》であった。

鱗《うろこ》が金色に光っている。

石畳の上へ、遊斎はその鯉を置いた。

大きい。子供ひとり分くらいの大きさはある。

遊斎は、暴れるその鯉の上へ跨《また》がって、口の端に掛かっていた鉤をはずした。

「なんじゃ、これ?」

長吉が訊ねてくる。

「土鯉《どごい》ですね。こいつが、おまえの芋を喰うたのでしょう」

「土鯉!?」

「土の中に棲《す》む鯉です。万年生きる。そんなに数は多くありません。木の根などを喰うて生きているのですが、芋などが好物なのですよ——」

よく見れば、鯉に似ているが、違っているのは、ひげがないことと、その眼が、人のように瞬《まばた》きすることである。口の中には、人そっくりの歯も生えている。

「ま、妖怪《あやかし》のひとつですね」

遊斎が、鯉の上から降りると、ばたりばたりと土鯉が跳ねて、石畳の上から土の上へと落ちた。一瞬、土の上で、身をよじっていた土鯉であったが、たちまち、尾を振って頭から土の中へ潜って消えた。

「よかったですね、松吉。芋を喰うたのがおまえではないことがわかって——」

遊斎は、そう言って笑ったのである。


〈二〉


また、ある時——

近所の者で、大工をやっている治平《じへい》という男の具合が悪くなった。

なんとかしてくれと、遊斎のところへ本人がやってきた。

「どうしたのです」

遊斎が問えば、

「身体《からだ》がむずがゆい」

のだという。

それも、外側ではなく、身体の中だ。

肉や骨が、かゆくてかゆくて、どうしようもない。しかし、掻《か》くことができない。

「気が狂いそうだ」

やっとここまで歩いてきたのだという。

遊斎が、着ているものを脱がせたところ、全身の皮膚に、紫色の斑点《はんてん》がある。

爪《つめ》で掻きむしったのか、身体中にみみずばれもある。

「いつからなのです？」

「三日ほど前からじゃ」

治平は言った。

かゆみをこらえているのか、身をよじっている。

「その頃、千年は過ぎた大きな樹の近くに出かけましたか――」

「ちょうど三日前、谷中《やなか》の八幡様《はちまんさま》に仕事で出かけた。あそこに、でかい楠《くすのき》がある。その樹の根に腰をおろして、茶を飲んだ」

遊斎は、

「ははあ――」

とうなずいて、

「横になって下さい」

裸のままの治平を、そこで仰《あお》むけに寝かせた。

「さて、どれにしましょうか――」

乱雑に散らかった家の中を物色して、遊斎は、鉄鉢《てつばち》と、古そうな木の箸《はし》を持ってきた。

鉄鉢を畳の上へ置き、箸を握って、治平の横に膝を突いた。

「どれ」

遊斎は、箸で治平の腹を突いた。

すうっと、箸の先が、治平の腹の中へ潜り込む。

治平は見ていてびっくりしたが、痛みはない。

箸で、腹の中をさぐっていた遊斎が、

「はい」

と声をあげた。

腹の中から、箸で何かをつまみ出した。

見れば、箸の先につままれて、足のたくさんある百足《むかで》に似た虫が、くねくねと動いている。

「呑蟲《どんちゅう》ですね」

遊斎は言った。

「呑蟲？」

「歳経た樹に棲む蟲《むし》で、人の尻の穴が開いたところから体内に入り込んで、人の五臓六腑に子を生みつけるのです――」

「なんと――」

「おおかた、樹の根に尻をのせたまま、屁《へ》でもひりましたか」

遊斎が言うと、

「む、む……」

と、治平が顔を赤くした。

その間にも、遊斎は、治平の身体の中に箸を差し込んでは、次々に呑蟲をつまみ出し、それを鉄鉢の中へ入れる。

鉄鉢の中は、もぞもぞと呑蟲がからみあい、這《は》いまわって、見るもおぞましいありさまとなっている。

「今日、わたしのところへ来てよかったですね。明日になっていたら、たいへんなことになっていたところでしたよ」

遊斎が言う。

「どうなっていたのじゃ」

治平が問うと、

「知りたいですか」

遊斎が治平の眼を覗《のぞ》き込《こ》む。

「い、いや、いい」

治平は言った。

「さあ、全部取り出したぞ」

治平の体内のかゆみは、嘘のようにおさまっていた。

礼を言って、治平は帰っていったのだが、帰り際、

「呑蟲であったか。鉢の中のそれを、どうするつもりじゃ……」

おそるおそる治平は訊ねた。

にいっと笑って、

「知りたいですか?」

遊斎が言うと、

「い、いや、いい——」

治平は帰っていったというのである。

（三）

遊斎のところには、いつも、人が出入りしている。

時に、身分卑《いや》しからぬ、やんごとなき筋の御方と思える人物が、駕籠《かご》で、顔を隠してやってくることもある。

諸々のことに、遊斎が相談にのってやっているようなのだが、それがどういう内容のものであるのかは、つまびらかでない。

噂としては、次のようなことが、まことしやかに言われている。

火附盗賊改に、裏の組織があるというのである。

その名を火龍改という。

話によれば、この人の世には、人ならぬものが、人のふりをして住んでいるというのである。

化物《けぶつ》——つまり化物や、龍が、人に姿を変えて、人の中に混ざって暮らしている。

そして、時に、人に害をなす。

そのような、化物、妖物《ようぶつ》、龍を捜し出して、人知れず始末をするのが、その火龍改の仕事だというのである。

遊斎、どうやらこの火龍改の連中の相談役のようなことをしているのではないか——

噂をする者たちは、このように言うのである。

しかし、その真偽を確かめた者はいない。

したがって、今も、遊斎は、鯰長屋で寝起きしながら、何をしているかわからぬ、得体の知れぬ人間として暮らしているのである。

それを問うてみたいと何人もの人間が思うているのだが、

「知りたいですか?」

そう言って、にいっと遊斎が笑うと、

「い、いや……」

と、問う者も口ごもってしまうのである。

それでも——

知りたいか。

大江戸火龍改

手《しゅ》鬼《き》眼《がん》童《わらわ》

（一）

鯰長屋の遊斎のところに客が来た。

町人風の人体《にんてい》と見えたが、手拭《てぬぐい》で顔を隠しているので、どこのたれとは知りようがない。

遊斎のところに、よく遊びに来ている長吉という子供が近くにいて、飴欲しさにその町人風の男と一緒に中へ入ろうとしたのだが、

「今日は駄目ですよ」

と、遊斎に飴のかわりに蒸《ふか》した唐芋ひとつをもらって、外へ出されてしまった。

遊斎の家の中には、おもしろいものが幾つもある。

異国《とつくに》の化物の像や、古い幽霊《ゆうれい》の絵。

地球儀や、ビードロの笛。

遠眼鏡《とおめがね》。

角《つの》のある頭蓋骨《ずがいこつ》。

きらきら光る石。

つけもの石のような、ごろんとした岩。

どこの国のものだかわからぬ武器。

巻き物。

そういうものが数えきれぬほど家中にちらかっているので、飴や唐芋のことがなくとも、子供はたれでも遊斎の家に入りたがるのである。

この前、長吉がのぞいた時には、紙と竹でできた鳥が、翼を振りながら飛んでいるのが見えた。

いつもたれかが出入りしていて、時には世間に知られた顔や名前の人物もやってくる。

十日ほど前には、ひょろりと顔の長い男が箱のようなものを抱えてやってきて、しばらく遊斎と話し込んで帰っていったのだが、あとから、その人物を知っているという人間に訊《き》いたところによると、その顔の長い人物、平賀源内《ひらがげんない》という、少しは世に名の知られた人間であるということであったが、長吉には、そんなことを言われてもわけがわからない。

ともかく、その日、芋ひとつで長吉は追い出され、その顔を隠した人物がどういう素姓のどういう顔つきの人間であるかを確認しそこねてしまったのである。

「ちえっ」

という長吉の声を、戸越しに聴いてから、その男は頬《ほお》かむりしていた手拭を取った。

五十代半ば——

白髪の混じった、小皺《こじわ》の多い男だった。

「岡田屋《おかだや》の幸兵衛《こうべえ》と申します」

まだ、どこかから、こちらの様子をうかがっている者がいると思っているように、周囲を気にしながら、その男はおずおずと名を告げた。

岡田屋と言えば、日本橋《にほんばし》で呉服を商《あきな》っている古い大店《おおだな》だ。

「おあがり下さい」

遊斎に言われて、

「へえ」

と、腰をかがめて、幸兵衛はあがった。

がらくたなのか、そうでないのかわからぬものばかりで、ほとんど足の踏み場もない。

かろうじて、尻を乗せることができるほどの広さに、畳が顔を覗かせているところが二ヵ所ほどあった。

奥に遊斎が座し、手前に幸兵衛が座した。

心配ごとがあって来たのには違いがないのであろうが、さすがに、そこに見えるものの奇妙さには、幸兵衛も好奇心を隠しきれぬ様子である。

幸兵衛の左横に立っているのは、猿のものと思われる骸骨であったが、不思議なことに、その首がふたつあった。

「いやいや、これは、このような……」

何をどう言っていいかわからず、幸兵衛は右手を頭の後ろへ伸ばし、かゆくもなかったのだが、そこを、二度、三度と指で掻いた。

「これを――」

と言って、遊斎が、様々な品の間に埋もれていた火鉢を引き出して、幸兵衛の方へ押し出した。

その中で、炭が赤く熾《おこ》っている。

秋も深まってきており、夕方近くなれば火が恋しくなる時期であった。

幸兵衛、

「へえ」

と、うなずきはしたものの、火鉢に手をかざすわけではない。

両手を膝の上に置いて、どう切り出したらよいか、思いあぐねている様子である。

火鉢の向こうに、胡座《あぐら》している遊斎は、総髪であった。髪を、頭の後ろで束ねている。

その髪が、真っ白であった。

しかし、老人ではない。

顔を見れば、若い。

三十代に見える。

が――

その実年齢が幾つかということになると、ちょっとわからない。

そこに幸兵衛はとまどっているようにも見える。

遊斎、日本国のものでない異国の服の如《ごと》きものを身につけているのだが、ではそれがどの国のものかというと幸兵衛には見当もつかない。静かにそこに座しているだけなのだが、何を考えているのか幸兵衛には量りかねるところがある。

遊斎の横には、二胡《にこ》と呼ばれる楽器が置かれている。

「どのような御用件ですか」

遊斎が水をむけた。

「あ、はい――」

幸兵衛は、頭をへこりと下げ、うなずき、

「こちらは、何でも万《よろず》の相談事に乗っていただけるとうかがっておりますが……」

おそるおそるそう言った。

「何でもというわけにはゆきませんが、まあ、だいたいのことには――」

「妖物や魔魅《まみ》のことがあれば、その調伏《ちょうぶく》もし、憑《つ》き物を落とすことも……」

「やっております」

遊斎はうなずいた。

「ただし、仕事――商いにござりますれば、いただくものはいただいております」

「ははあ……」

「万怪事相談《よろずあやかしごとそうだん》――呉服屋が呉服を売るように、飴《あめ》屋が飴を売るように、大工がその腕を売るように、わたしが商っておりますのは、怪《あやかし》を鎮《しず》める技ですね――」

「ごもっとも――」

幸兵衛はうなずき、

「して、その金ですが、いかほどかかりましょう」

そう訊ねてきた。

「決まりはございません。金の無いところからはそれなりに。金のある所からも、それなりに――」

「ごもっとも――」

うなずいた幸兵衛の額に汗が浮いている。

その汗をぬぐいながら、幸兵衛が言う。

「また、外聞のこともございますので、この話、結果はどうであれ、他《よそ》にはなにとぞ内密に……」

「むろんのこと――」

遊斎が、軽く指を鳴らすと、幸兵衛の横にあった、首が双《ふた》つある猿の骸骨が、

かたり、

かたり、

と動き出した。

「ひっ」

と幸兵衛が声をあげると、猿のふたつのされこうべが動き、幸兵衛を小さな四つの眼の穴で見あげ、
かたかたかたかたかた、
と、歯を鳴らした。

幸兵衛には、それが、笑っているように見えた。

猿の骸骨は、足を止め、がらくたの中をその骨だけとなった指で掻き分け、その中《うち》から一冊の古い単冊を取り出し、それを、幸兵衛の膝先に置いた。

表紙に、

〝火龍帖《ちょう》〟

とある。

「これは?」

と幸兵衛が言うと、猿の指が、はらりと表紙をめくった。

そこの中扉に、

〝万怪《よろずあやかし》事相談《ごとそうだん》〟

と、書かれている。

猿が、さらに中扉をめくると、

〃互いに見聞せしこと秘事のこと口外せぬこと――〃

と記《しる》されている。

その先に、

〃もしもこのこと破りたる時は――〃

とあって、その先が記されてない。

「かようのことがここに書かれております。これが、商いする時の約定《やくじょう》となりまする故《ゆえ》、秘密が他に洩《も》れることはございません」

遊斎は微笑した。

その微笑が艶《なま》めかしい。

艶めかしい分、どこか妖しい。

そして、怖《こわ》い。

髪の白さがふいにその時、ほのかな青みを帯びて光ったように見えた。

「ここに、〃もしもこのこと破りたる時は――〃とありますが、その先が書かれておりませぬが……」

「そうなのです、書かれておりません」

「いったい、破るとどうなるというのですか？」

「それが、わたしにもわかりません……」

「しかし……」

「知りたくば、その方法はあります」

「それは？」

「約定を破ってみればよいのです」

「破る？」

「わたしの為《な》した技のことを、どこかでおしゃべりになればよろしい——」

「え？」

「すると、ここに文字が現われて、その書かれた文字の通りのことが、あなたに起こるというわけです」

「あなたはいかがなのですか。あなたが、約定を破った時は……」

「わかりません」

「な……」

幸兵衛は、言葉もない。

「お知りになりたいですか？」

遊斎に問われて、

「い、いや、いやいやいや……」

幸兵衛は、頭《かぶり》を振った。

明らかに、ここへ来てしまったことを後悔している顔である。

ぱさり、

と、冊子《さっし》が閉じられた。
かたかた
かたかた
かたかた
かたかた
と、猿のふたつのされこうべが笑った。
「さて、何があったのですか」
遊斎が問うた。
「そ、それは――」
幸兵衛は帰りたい。
しかし、帰るに帰れない。
ここで帰ったら、おそろしいことがおこりそうな気がした。
そして――
しかたなく、幸兵衛は次のようなことを語りはじめたのである。

（二）

岡田屋に、千代松《ちよまつ》という小僧がいる。

今年で十歳になる。

昨年、内藤新宿《ないとうしんじゅく》から吉蔵《よしぞう》という手代《てだい》の伝《つて》で奉公にやってきた。仕事はまだ雑用や力仕事ばかりだが、もの覚えもよく、返事も仕事もきちんとしているだけでなく、言われたことはもちろん、言われぬことまでちゃんとやることをするので、皆から可愛がられていた。

この千代松が、五日前からおかしくなったというのである。

五日前の晩――

岡田屋幸兵衛の妻、峰《みね》が、蠟燭《ろうそく》に灯《ひ》を点《とも》したものを持って、家に点された灯りを消して回っていた。

ちょうど店の灯りを消そうとした時――

土間の暗がりに、たれか立っているのに気がついた。

蠟燭の灯りをかざして見れば、千代松であった。

「千代松、まだ起きてたのかい」

声をかけた。

早く寝るんだよ――と、さらに言おうとしたのだが、峰はその言葉を言わずに吞《の》み込んでいた。

「おい、お峰……」

と、千代松が声をかけてきたからである。

その声が、やけに野太い。

子供の声でなく、立派な大人の男の声であった。

「この前は、うまくやったなあ——」

言った千代松の眼が、黄色く光った。

「番頭の伊之助《いのすけ》とよろしくやったんだろう？」

にんまりと笑った。

赤い舌が、口から這《は》い出てきて、唇を舐《な》める。

「何度やったんだ。おまえは口取りが上手だからな。舐めてやれば、伊之助のやつ、何度もおっ立てただろう」

「何を言ってるんだい、千代松——」

峰に言われて、

「くかかかかか……」

と、千代松は不気味な笑い声をあげた。

「おまえも、声をあげてよがっていたではないか、お峰。伊之助のやつ、あそこをくじるのがうまいからな」

「千代松！」

と、峰が叫んだ時、ふっと千代松の眼に常《つね》の光がもどってきた。

「お内儀《かみ》さん……」

きょとん、とした顔で、千代松は、峰を見つめている。

我に返ったような眼だ。

「そんなにこわい顔をして、どうなさったのです?」

いつもの声で、千代松が言う。

普段の千代松にもどっていた。

これが、峰の亭主である幸兵衛の知るところとなったのは、このやりとりを、偶然耳にしてしまった者がいて、その人物が注進に及んだからである。

その人物というのが、手代の吉蔵であった。

峰と、番頭の伊之助が幸兵衛に呼ばれた。

幸兵衛にとって重要であったのは、千代松がおかしくなってしまったということより、千代松が口にしたことが本当かどうかということであった。

「なんのことだか見当もつきません」

と、伊之助は言った。

「覚えがありません。千代松がおかしくなってあらぬことを口にしたのでしょう」

と、峰は涙ながらに言った。

そう言われては、ふたりの言うことを信ずるしかない。

念のため、翌日千代松を呼んで、幸兵衛は訊ねた。

「おまえ、昨夜《ゆうべ》、口にしたことは、本当のことなのかい」

「はて、何のことでございましょう」

千代松は、昨夜のことを、何ひとつ覚えていないというのである。

幸兵衛は、さらに訊いた。

「おまえ、お峰と伊之助のことで、わたしに何か隠していることはないかい」

「何をわたしが旦那《だんな》さまに隠すのでございましょう」

何も知らないというのである。

これ以上の詮索《せんさく》をするわけにもいかず、

「わかった」

幸兵衛はうなずいて、昨夜のことはなかったことにした。

しかし——

その晩、また、千代松がおかしくなった。

夜——

峰と一緒に眠っていると、たれかが、男の野太い声で、

「おい、幸兵衛、起きよ」

そう言うのである。

襖《ふすま》を拳《こぶし》で叩く者がいるのである。

襖を開《あ》けると、暗がりに、千代松が立っている。

眼が、黄色く光っている。

「千代松……」

幸兵衛の声で、峰も眼を覚《さ》ました。

「三月《みつき》前に、帳場《ちょうば》から消えた十両だがな、どこにあるのか教えてやろうか」

千代松が、そう言うのである。

「盗んだやつがいるのじゃ。庭の池の横に、古い松が生えているであろう。その根元を掘れば、油紙《あぶらがみ》にくるまれて、その金は眠っている。もっとも、五両ほど少なくなってはいるがな――」

そこまで言って、どさりと千代松は倒れた。

幸兵衛が人を呼びつつ、千代松を抱きかかえると――

「旦那さま」

蘇生《そせい》した千代松が声をあげて、眼を開いた。

翌日、人をやってそこを掘らせてみたが、小判は出てこなかった。

幸兵衛は、少しだけほっとした。

千代松の言ったことが、嘘であったからだ。

それなら、峰と伊之助のことも嘘であろうと思ったのである。

そして、昨日――

それは昼のことであった。

客の出入りしている店の中へ、千代松がやってきた。

幸兵衛は、そこで、得意先の客と話をしている最中であった。

ふいに姿を現わした千代松の眼を見て、

「またか」

そう思った。

千代松の眼が、尋常でない。

虚空《こくう》を睨んでいるのである。

「こりゃ、幸兵衛――」

と、千代松があの野太い声で言う。

「おまえ、深川《ふかがわ》に女を囲っているであろう。それも、こともあろうに、品川《しながわ》で飯盛り女をしていた、お初《はつ》という頬のふくらんだ女じゃ。あっちの方のぐあいがよいからと言って、囲ったのであろうが、どうせ囲うのなら、外に聞こえて男の値打ちのあがるような女にせよ。やめよ、あのような女――」

「こ、これ、千代松」

幸兵衛が飛びついて、抱きかかえた時にはもう、千代松は白目をむいて、意識を失っていた。

そして、気がついた時には、もう、いつもの千代松にもどっていたのである。

（三）

「いや、それが……」

と、幸兵衛は、額の汗を右手でぬぐった。

「皆には秘密でござりますが、困ったことに、昨日、千代松が言ったお初という女のことは――」

「本当のことであったと、そういうことでしょう」

遊斎が言った。

「ええ、その通りですが、しかし、どうしておわかりになったのです?」

「そんなことであろうと思うたまでですが、で、わたしにどうしろと?」

「うちの千代松を、見ていただきたいので。もしも、何か悪いものでも憑いているのなら、それを祓っていただきたいのでござります」

「承知いたしました――」

遊斎はうなずき、そこで立ちあがっていた。

(四)

岡田屋の、奥の座敷に、遊斎は座している。

遊斎の横に火鉢がひとつ。

遊斎と並んで座しているのが、主人の幸兵衛である。

ふたりに向き合うように、十歳くらいの子供――千代松が座し、その背後に、峰、伊之助、吉蔵が並んで座している。

ひと通りの話は、もう、すんでいる。

千代松の頭に掌《て》をあて、胸を指先で突き、その眸《め》を見たあと、

「これは、憑きものですね」

遊斎は言った。

「憑きもの？」

幸兵衛が問う。

「はい」

「どのようなものが憑いたのでしょう」

「落としてみればわかります」

「落とせるのですか？」

「むろん」

「どのようにして？」

「灸《きゅう》をすえます」

「灸!?」

「まあ、やって見ましょう」

遊斎、あらかじめ用意していたのか、懐から赤い紐を取り出した。

「灸のつぼに、手鬼眼というのがござります」

「あまり、耳にせぬつぼの名でござりますな」

「はい。常のつぼではありませぬ故――」

遊斎、にんまり微笑して千代松を見やり、

「おいで。怖がることはありません。灸をすえるだけです」

手まねきした。

千代松は、どうしたものかと問うような眼で幸兵衛を見た。

「うむ」

と幸兵衛がうなずくと、千代松は膝で遊斎の前までやってきた。

「手を合わせ、合わせたその手をこちらへ伸ばすのです」

遊斎に言われて、千代松がその通りにする。

合わせた手の一番上で、左右の親指が合わさっている。

「合わさっている親指を、右、左一緒にそのまま立てて下さい」

千代松が言われた通りにすると、その二本の合わさった親指の根元に、遊斎はくるくると赤い紐を巻きつけ、合わさった親指が動かぬようにしてしまった。

「それを動かしてはなりませんよ」

言いながら、遊斎は、懐から竹の小箱を取り出し、そこから、ほんのひとつまみほどの大きさのもぐさをつまみ出し、

「ここが手鬼眼です」

そう言って、合わさった左右の親指の爪《つめ》と爪の間――それも、爪の根元に近い場所に、その取

り出したもぐさをのせたのである。

『千金翼方《せんきんよくほう》』なる書がありましてね。昔から、本朝の書にも、〝狐狸《こり》等の邪魅《じゃみ》に犯《おか》されて病者《びょうじゃ》を治療するの奇穴《きけつ》ありて此《これ》を挙《あ》ぐ。丁孫子《ていそんし》が『千金翼方』に詳也《つまびらかなり》〟と書かれております」

近くにあった火鉢を引き寄せ、線香に火を移し、その線香の火を、もぐさに移した。

小さく細く、煙があがる。

最初はどうという顔ではなかったが、だんだん熱くなってきたのか、やがて、千代松の顔は泣きそうになった。眉を寄せ、情けない顔で、助けを求めるように、幸兵衛を見る。

「我慢じゃ……」

幸兵衛が言った。

「熱い、熱いよ」

と、千代松が声をあげた。

その声が、

「こら」

ふいに、野太い男の声になった。

「熱いではないか。どうしておれを、このような目に遭わせるのだ。ううむ、うううむむ……」

「お出になられたぞ」

嬉しそうに、遊斎が言う。

遊斎、唸《うな》っている千代松の右側に寄って、その耳に、

「ふっ」

と息を吹き込んだ。

唸っていた千代松が、大きく、後ろに仰向《あおむ》けになって倒れた。

その口から、白い煙が立ち昇って、その煙が、峰の鼻から中に潜り込んだ。

「あっ」

と、峰が声をあげた。

そこにいた全員が、その光景を見た。

しばらくの沈黙の後、

「い、今のは何じゃ……」

幸兵衛が言った。

「見た通りでござります」

「見た通りとは?」

「千代松が、お内儀の生《い》き霊《すだま》にとり憑かれていたということでござります。その生き霊、たった今、お内儀の体内にもどったというわけですね」

「なんと……」

幸兵衛がそう言うと、しばらく言葉を忘れていたお内儀の峰が、

「わっ」

と、声をあげて泣き伏した。

「すみましたね」

遊斎が言った。

「後で、勘定《かんじょう》書きをとどけさせます」

立ちあがろうとする遊斎に、

「お待ちを、お待ちを――」

幸兵衛が、飛びつくようにして寄ってくると、遊斎の袖《そで》を握った。

「何があったのです。いったい何が……」

「お内儀の生き霊が、千代松に憑いていたということでござりましょう」

「それで？」

「千代松の言うたこと、口にしたこと、全て、意識せずして、お内儀が言わせていたということでござりましょう」

「し、しかし――」

と言いかけた幸兵衛に、

「申しわけござりませぬ」

峰が、畳に両手をついて頭を下げた。

次に頭を下げたのは、伊之助であった。

「い、いったい、これは？」

幸兵衛は、すがるような眼で、遊斎を見た。

「憑きものは落とせても、男と女のことは、わたしには、どうすることもできませんね」

遊斎は、涼しい声で言った。

（五）

あとで話を聴いてみれば、こういうことであった。

十日ほど前、芝居見物に出かけると言って、峰は、千代松と一緒に出かけている。

千代松は、芝居は見ないので、両国《りょうごく》にある芝居小屋まで峰の荷物を持って供をし、芝居の終り頃、小屋までもどってまた峰の荷を持って帰ってくるのが、仕事である。

しかし、別れて歩き出した後、千代松は、峰に渡し忘れたもののあったことに気がついた。贔屓《ひいき》の役者に渡そうと用意してきた祝儀を入れるための祝儀袋である。

いそいでもどったところ、峰が番頭の伊之助と一緒に芝居小屋から出てくるところを向こうに見た。足早であるので、追いつけぬうちに、ふたりは近くの水茶屋に入っていってしまった。水茶屋のなんたるかを知らず、千代松は、水茶屋の者にことづけて、峰に渡し忘れたものを渡してもどっていったのだが、これで、峰は全てを千代松に知られてしまったと思い込んでしまった。

いつ幸兵衛に千代松がこのことを話すかと思うと気が気ではない。

ならいっそのこと、自分の口で言ってしまった方が――

その思いが、峰本人も知らぬうち、生き霊となって、千代松にとり憑き、自ら隠していたことを千代松の口をかりて語っていたのである。金の件は、峰が、帳場から十両盗んで、伊之助とのことで五両使って、残りを庭の松の根本に埋めたのだが、峰に内緒で、別の女のために、伊之助が掘り出していたのでそこになかったのである。

峰は、自分の知っていること、日頃、心に思って口に出せぬことを、千代松の口を使って語っていたのである。

だから、千代松は、峰が知っていたこと、思っていたことを語ったのであり、つまり、幸兵衛が隠していた深川の女のことも、峰は気がついていたということになる。

まあ、そういうわけなのであった。

幸兵衛、峰、伊之助がどうなったかは、むろん、遊斎の知るところではない。

遊斎から、この件で、どれだけの請求があったのか、幸兵衛は語っていないので、これはたれも知らぬことなのである。

大江戸火龍改

首《くび》無《な》し幽《ゆう》霊《れい》

（一）

人形町——

鯰長屋の遊斎のところに、長門屋六右衛門《ながとやろくえもん》という人物が訪ねてきたのは、昼を過ぎてからであった。

与力の間宮林太郎《まみやりんたろう》がやってきて、しばらく世間話をして帰った後である。

このところ事件がなかったせいか、

「あれ以来、神田の雪隠入道も出なくなったようで——」

とか、

「べら坊狸の件もおさまったみたいですよ」

などと、いつもより長く話をしたあと、

「如月《きさらぎ》先生が、この頃ひどく退屈しているようでなにかおもしろい話があったら、いつでも声をかけてくれと言っておりましたよ」

間宮林太郎は、帰り際にそんなことを言って、遊斎宅を後にしたのである。

長門屋六右衛門、歳の頃なら五十ほどであろうか。

長屋の入口にある桜が、ちらほら咲きはじめたころである。

通されて、

「ほう……」

と六右衛門が声をあげたのは、そこに、思わぬ光景を見たからであった。

土間と言わず、畳の上と言わず狭い空間のほとんどが、もので溢《あふ》れかえっていたからである。

しかも、そのものが、これまで六右衛門が見たことのないものばかりであったからである。

異国《とつくに》の宝箱《たからばこ》のようなものや、積みあげられた巻子《かんす》。何やら得体の知れぬ木彫の獣や、像、石、海の向こうから渡ってきたと思われる剣。地球儀。銅でできた龍。

眼の前の畳の上に転がっているのは、人のされこうべである。しかし、その額からは、一本の長い角が伸びている。

土間の隅に置かれている箱は、ちかごろ耳にするエレキテルというものであろうか。

畳の上には、様々な書が乱雑に散らばっていて、奥に文机《ふづくえ》があるのが見える。その文机の前だけが、ようやく人の座すことができるほどの広さで、畳表が見えている。

「どうぞ」

と、六右衛門をうながしたのは、角のあるされこうべの横に立っている、白髪の人物であった。

長く伸びた白髪を、頭の後ろで、無造作に鮮かな赤い紐で結んで束ねている。

すっきり背筋が伸びていて、切れ長の眼もとが涼しい。

しかし、奇妙であったのは、その眸が兎《うさぎ》のように赤いことであった。

この長屋の主《あるじ》、遊斎であった。

「どうぞ――」

もう一度うながされて、ようやく六右衛門はあがった。

（二）

「これは、たいへんなものでござりますな」

六右衛門は、周囲を見まわしながら、そう言った。

「噂には耳にしておりましたが、これほどのものとは――」

すでに、六右衛門は、畳の上に座している。

正面で文机を背にして座した遊斎が、六右衛門を見つめている。

「どういう噂でしょう」

支那人が着るような、道服の如きものを身に纏っているのだが、その口から発せられる言葉には、異国の訛《なま》りはない。

「いやいや、噂でござります」

「化物を飼っているとか、床下に人の屍体《したい》が埋められているとか……」

「まさか、そのような……」

「噂通りかもしれませんよ」

言った遊斎の唇が微笑している。

かといって、それでほっとできるわけでもなく、浮きかけた額の汗を指先でぬぐって、

「御注文の品、できあがりました」

六右衛門が胸に手をあてた。

その懐から、金糸銀糸で文様《もんよう》が織り込まれた錦《にしき》の包みが顔を覗かせている。それだけでは、中身が何であるかはわからないが、棒状のものと見えた。

六右衛門は、それを懐から抜き出した。

細長い袋であった。中身よりは袋の方が長く、余った部分を折って、紐で結んでいる。その紐を解き、中に入っていたものをするりと取り出した。

長さ、一尺六寸ほどの竹の筒であった。

表面に漆《うるし》が塗られていて、一方の端に栓《せん》がしてあった。

その栓を六右衛門が抜いた。

栓を畳の上に置いて、その竹筒を傾けると、筒の先から、細い竹の先が出てきた。その先をつ

まんで引くと、中からするすると細い竹が出てきた。それを伸ばしてゆくと、さらにまた、竹筒の中からあらたな竹が出てくる。出てくるに従って、だんだんと竹は太くなってゆく。

中から引き出されたのは、全部で五本の竹であった。もとの竹を合わせれば、六本。

どれも節《ふし》は削られ、漆が塗られて、表面がなめらかになっている。竹の繋口《つなぎぐち》の受けの方には、絹糸らしきものがびっしりと巻かれている。漆は、その巻きつけられた絹の上からも塗られていた。

全長九尺ほどの釣り竿《ざお》であった。

仕舞い込み寸法一尺六寸。

六右衛門は、出した竿をいったん畳んで、もとのような竹筒にして、

「どうぞ、お試しを――」

それを、遊斎に向かって差し出した。

遊斎は、その竹筒を受け取って、今しがた六右衛門がやったように、中から次々に竹竿を引き出してゆき、一本の釣り竿とした。竿尻を右手で持ち、調子を確かめるように竿先で天井に触れ、弾力を確かめてから、上下、それから左右に軽く振った。

「みごとじゃ……」

遊斎が、ため息と共に言った。

「魚を掛けてから、竿を立てれば、自然に魚の方が寄ってくる。人は何もせずとも、竿が魚を寄せてしまう……」

遊斎は、しばらくその感触を味わってから竿をたたんだ。栓をして、竿を錦の袋の中に収め、紐を結ぶ。

それを手に持って、

「いかほどでしょう」

遊斎が問うた。

「特別あつらえでござりますれば、三両ほどもいただきましょうか――」

「では」

と、遊斎、懐から金唐革《きんからかわ》の財布を取り出し、そこから一両小判《こばん》三枚を取り出した。右手にあった、黒い亀の甲羅《こうら》の上に置かれていた、虹色に光る皿のようなものの上にその三両をのせ、その皿を畳の上に置いて、六右衛門の方へ押しやった。

「確かに――」

六右衛門は、三両を懐に入れてから、その皿を手に取った。

その皿は、完全な円形をしているわけではなく、見る角度によって、青色にも、赤色にも光る。

「これは?」

「蛟龍《こうりゅう》の鱗ですよ」

「こうりゅう?」

「虬《みずち》です」

「みずち？」

蛟龍であれ、虬であれ、六右衛門には何のことやらわからない。

「我が国には、それほどたくさん棲むわけではありませんが、少しは江戸にも……」

「いるのですか」

「どうでしょう」

また、遊斎が微笑した。

好奇心はあったが、ここから先は立ち入らぬ方がよいと、六右衛門も感じとったのであろう。

話題を変えた。

「いや、しかし、御注文をいただいてから、一年半も時が過ぎてしまいました」

「よいものを作るにはそれなりの刻《とき》が必要ですからね」

「ええ。ちょうどよい竹を捜すところから始めねばなりませんでしたので――」

「待った甲斐《かい》がありました。軽くて、持った時から、もう手になじんでいる」

「通常は、四本たたんで二尺三寸、伸ばして、一間二尺。それを、たたんで一尺六寸、六本でということでしたから――」

「できると思っておりました」

「それにしても、いったい、どこでわたしどもの竿のことをお聞きになったのですか――」

「これですよ」

遊斎は、後ろへ身体をねじり、文机の上から、二冊の本を手に取って、それを、六右衛門の前

——畳の上に置いた。

題が、ちょうど六右衛門から読めるようになっている。

『漁人道知邊《ぎょじんみちしるべ》』

『何羨録《かせんろく》』

と、ある。

「玄嶺《げんれい》老人と、津軽采女《つがるうねめ》さまの書かれた本でござりますな」

六右衛門が言った。

遊斎は、『何羨録』とある本を手で示し、

「これは、五十年ほど前に書かれたものですが、たいへんに優れた釣り指南書です。釣りの道具作りから、釣り場のこと、山の立てかた、風の読み方まで書かれていて、実に興味深い……」

「ええ」

「こちらの『漁人道知邊』は、半分以上がこの『何羨録』の写《うつ》しですが、さらに玄嶺老人の独自の見聞も付け加えられております」

「はい」

「その中に、懐中振出《かいちゅうふりだ》し竿のことがありました」

遊斎は、『漁人道知邊』を手に取り、開いて、読みはじめた。

或人竿《あるひとさお》の力ハ手より先壹《いち》、貳尺《に》にあり、此内《このうち》に弱み痛み有る竿にてハ、大魚揚《あげ》がたしト云ふ、近世《このごろ》竿に二《ふ》タ継《つぎ》三《み》継《つぎ》有り。

昔は不用事《ふようじ》なり、是《これ》ハ元來陸釣《がんらいおかづり》の竿にて、沖《おき》ハ壹丈又《いちじょうまた》ハ二間《にけん》の竿に、貳《に》尺三《さん》尺の穂《ほ》をすげたる竿のみ用ひたるに、種々仕出《しだ》し多く、二《ふ》タ継《つぎ》三《み》継《つぎ》ハ持ち運《はこび》にハ、甚《はなは》だ短くてよろしかるべし、けれども魚《うお》のさわり二段三段に引く故、不宜《よろしからず》と云ふ人有り、しかし継手《つぎて》の丈夫《じょうぶ》に差し入れたるが宜《よろし》く有るべし、近世又《このごろまた》はねと云《い》ふ事有り、又懐中竿《またかいちゅうざお》とて振出《ふりだ》しに二《ふ》タ継《つぎ》の竿有り、皆是手釣《みなこのてづり》の引き宜《よろし》き爲《ため》を考へて作り出せし也《なり》、此懐中竿《このかいちゅうざお》ハ近き比長門屋六右衛門《ころながとやろくえもん》と云ふ、竿屋《さおや》の仕出《しだ》し也《なり》。


「このごろ流行《はや》りの懐中振出し竿、長門屋六右衛門——つまり、あなたの工夫したものであると、ここに書かれています。新しいものに興味があるものですから、ここを読んだ時には、ぜひともこれを手にしたいと思い、長門屋さんにお願いにあがった次第です」

「さようでございましたか——」

六右衛門、うなずき、

「しかし、こちらからきり出そうと思っていたのですが、遊斎先生の方から、『漁人道知邊』のことをお話しいただけて助かりました——」

「何のことでしょう」

「『漁人道知邊』をお書きになった玄嶺さまのことでございます」

「それが、何か？」

「玄嶺さま、以前からわたくしの知りあいでございまして、釣り具のことでもいつも新しい工夫など御教授いただいているのですが、この頃、お元気がない御様子で、先日お宅におうかがいいたしましたおり、そのことについて、お訊《たず》ねしました。最初は、そんなことはないとおっしゃっておられたのですが、わたくしが、懐中振出し竿のことで、人形町の遊斎先生のところへおうかがいするつもりであることを告げましたところ、それならば、頼みがあると、そうおっしゃられまして、それで、元気のない理由というのを、話して下されたのでございます」

「ほう――」

「玄嶺さま、実は、小普請組《こぶしんぐみ》の加山十三郎《かやまじゅうざぶろう》さまというお侍《さむらい》さまでございまして、釣りがお好きで、時おり長門屋にお顔をお出しになっては、釣り談義などしてお帰りになられます……」

どこそこで、沙魚《ハゼ》が何尾あがった、あそこの澪《みお》は、この頃鱚残魚《キス》がよく釣れる、あそこの釣り場は荒れたな――などという会話を六右衛門としながら、加山十三郎が釣り道具の新しい工夫の話などをしてゆく。

それが、斬新で、おもしろい。

十三郎が話していったことを、実際に道具にして、試し、具合がいいので売りに出したら、これが売れた。

以来、十三郎が考えた工夫を、商品にして売り、そのあがりの何割かを十三郎にまわすという流れができあがった。

「実は、懐中振出し竿も、もとは十三郎さまの発案なさったことでございます」

そう言ってから、長門屋六右衛門は、玄嶺老人こと加山十三郎のことを語りはじめたのであった。

（三）

「それならば、頼みがある」

加山十三郎は、声を小さくして、やや前かがみになって、長門屋六右衛門に顔を寄せた。

「何でござりましょう」

「実はな、さきほど何もないと言うたは嘘じゃ」

「嘘？」

「実は、ある」

白状すると、十三郎の顔に、それまで隠れていた疲れが浮きあがってきた。

齢は、五十を少し過ぎたくらいで、あまり六右衛門とかわらない。しかし、髪に混ざる白いものは、六右衛門より多く、その分齢以上に老《ふ》けて見える。

「夜になるとな、出るのじゃ……」

十三郎は、さらに声を低くした。

「何が、でござりましょう」

「幽鬼《ゆうき》じゃ。いや、幽霊と言うたがよかろう。生《い》き霊《りょう》かとも思わぬでもないが、何しろ、首がない──」

「首が？」

「ない」

十三郎が、顎《あご》を引いてうなずく。

「首がないので、男の幽霊であるか女の幽霊かわからぬと言えばわからぬのだが、まあ、男であろう。というのは、胸も膨《ふく》らんでおらず、着ているものも男のものだからな──」

「どのようなものを着ているので……」

「寝巻きじゃ」

「寝巻きでございますか」

「うむ」

「それで……」

「そいつの袖《そで》から出ている腕や手を見たところ、皺もあれば、染《しみ》もある。そこそこ齢のいった男というのが、わしの見たてじゃ」

「出るというのは、どのような時にでございます？」

「夜、眠っているとな、眼が覚めるのじゃ……」

十三郎は言った。


夜──

眠っていると、身体が寒くなる。

掛けた夜着の間から、冷たい風が入り込んでくるようである。眠りながらも、首回りの透き間を夜着でふさぎ、冷たい風の侵入をふせいでいるつもりなのに、夜着と身体との間を、冷たい風が吹いているようである。

夏でも同じである。

暑くて寝苦しいはずなのに、眠っていると寒さを感ずるのである。

半年ほど前のある時――

それで、夜半に眼を覚ました。

ひやひやと冷たい風を感じていたはずなのに、身体中に寝汗をかいていた。

なんとも、奇妙なと思った時、ふと何かの気配を感じて、右の枕元を見た。

そこに、人が座していた。

畳の上に正座をして、両手を膝の上にのせ、誰かがこちらを向いているようなのである。

まだ、半分、眠っている。

その半分眠った頭で考える。

誰か。

夜であり、灯りはむろん、消している。

だから、人が座していても見えぬはずなのに、そこに人が見える。白い、寝巻きらしきものを着て、凝《じ》っとこちらを見ているようなのである。

しかし、何か、妙であった。

肩が大きく持ちあがっているような、座しているにしても、背が低すぎるような……

と、思った途端に、ぎょっとなった。

その座した人物の肩の上、両肩の間に首がなかったのである。

よく見れば、着ているものの両肩から胸にかけて、黒い染のようなものが見える。

何か。

血である。

そう思った瞬間、恐くなって、

「わっ」

と、声をあげて上体を起こした。

すると、さっきまで、その首のないものが、いたはずの枕元から、その姿が消えていたのである。

気のせいかと思って、その晩は、そのまま眠ってしまった。

しかし——

五日ほど過ぎた晩、またもや同じことが起こって、夜に眼を覚ましたら、あの白い寝巻きを着た男が、枕元に座しているのである。

座して、十三郎を見つめているのである。

首がない——つまり、眼がないのに、それが、自分を凝っと見つめているようなのである。見つめられているようなのである。

「わっ」

と、声をあげると、それはいなくなった。

それから、眼を覚ますと、いつもそれが枕元に座しているのである。

ただ、害をなそうというのでもなく、それ以上の何かをしようというわけでもない。

ただいる。

そして、何かを訴えるように、十三郎を見つめているのである。

起きるか大きな声をあげるかすると、消える。

ある時、寝たまま、そっと声をかけた。

「わしに、何か、恨《うら》みのことでもあるのかね……」

低い、静かな声で言うと、それは消えなかった。

消えなかったが、答えはない。

首がなく、口がないから答えようもない。

いったい、どういう恨みか。

心あたりを考えるのだが、それがわからない。

覚えがない。

せめて、顔でもわかればと思うのだが、そのかんじんの顔——首がないのである。

腕や、手を見れば、ある程度齢のいった男であるとの見当はつくのだが、しかし、それが誰であるのかということまではわからない。

「まあ、それが、この半年続いているのだ」

と、十三郎は、六右衛門に言った。

「これまで、このこと、どなたかにお話しになりましたか?」

六右衛門が問う。

「いいや、話してない」

妻はもう、四年前に世を去り、ひとり娘も他家に嫁《とつ》いでいる。通いの使用人がいるが、その使用人にも話はしていないという。

「そなたがはじめてじゃ」

加山十三郎がそう言ったところで、

「で、頼みというのは何でございましょう」

もとのところへたちかえった。

「今、そなた、人形町の遊斎殿のところへゆくと言うていたな」

「ええ。お知り合いですか」

「いや、知り合いではないが、噂は耳にしたことがある」

「どのような」

「遊斎殿、さまざまの不思議のことに通じておるそうじゃ」

「不思議のこと？」

「鬼であるとか、化物であるとか、たとえば、今、このわしが出会《でお》うているような不思議のことじゃ」

「幽霊？」

「まあ、噂じゃ」

「それで？」

「ゆくのならば、このわしの枕元に夜な夜な現われる首無しの幽霊のことを、なんとかしてくれぬかと頼んでみてほしいのじゃ。もちろん、金は払う。蓄えがあるわけではないので、多くは払えぬが、ただで何とかしてくれと言うているわけではない――」

十三郎は、六右衛門に頭を下げ、

「頼む」

そう言ったのであった。

(四)

遊斎、背筋を伸ばして、畳の上に端座している。

遊斎の前には、疲れた顔の、加山十三郎が、床間《とこのま》を背にして座している。

遊斎の後ろに、長門屋六右衛門が肩を丸めるようにして座り、ふたりを見つめている。

今しがた、六右衛門がふたりをそれぞれ相手に紹介し終えて、少し退《さ》がったところであった。

「すでに、長門屋さんから話をうかがっているのですが、あらためて、ひと通りのことをお聞かせいただけますか――」

遊斎が言う。

「では――」

と、十三郎が語ったのは、話す順序に多少の前後はあるものの、おおむね遊斎が六右衛門から耳にしていることとであった。

しかし、それは、訊ねることがもうないということではない。

「このこと、半年ほど前からおこったとうかがいましたが、その頃、何かござりましたか――」

「はて、何かと申しましても、特別に何かというほどのことは……」

「何でもよろしいのです」

「特に、病気もいたしませんし、身内や知人に不幸があったということもありません。強《し》いて言うなら、鉄砲洲《てっぽうず》で、沙魚を一束《いっそく》ほど釣ったくらいで……」

一束――つまり、沙魚を百尾釣ったということである。

「ああ、そうです。釣りのことで言えばもうひとつ。ちょうどその頃、遊斎先生もごらんになった『漁人道知邊』が、おかげさまで三度、版を重ねましたが……」

「三度、版を――」

「はい」

遊斎、十三郎の返事を受けて、瞼《まぶた》を一瞬閉じ、赤い眸を隠した。

すぐにまた赤い眸が現れて、十三郎を見た。

「たしか、この『漁人道知邊』、『何羨録』を下地にしたもので、多くをそこから写しておられましたね」

「ええ」

「その『何羨録』、いったいどのようにして、手に入れました」

「『何羨録』の名前が出るくらいなら、御存知かと思われますが、この書、わしの『漁人道知邊』のように、版木に字を彫って、刷り、作られたものではござりませぬ」

「そうですね」

「『何羨録』を書かれたのは、津軽弘前《ひろさき》藩の黒石四千石の三代目当主、津軽采女政児《まさたけ》さまというお方でござります」

「五十年近く前、采女さまが江戸詰をされていた頃、書かれたものですね」

「はい」

十三郎はうなずき、

「それを、兼松《かねまつ》さまと申される方から、お借りいたしました」

遊斎を見やった。

〝お借りいたしました〟

と、十三郎が言ったのは、その『何羨録』が、手書きの本だからである。

基本的に、この世に一冊しかない本ということになる。

読みたければ、所有者から借りるしかなく、手に入れたければ、その一冊しかない本を買いとるか、借り受けて書き写すしかない。

比べて『漁人道知邊』は、字が彫られた版木から印刷されたものであり、何冊でも刷った分だけこの世に同じものがあることになる。

「それは、これではありませんか――」

遊斎が、懐から、その『何羨録』を取り出した。

「ああ、それです。間違いありません。しかし、どうしてそれを？」

「兼松さまから半月ほど前にお借りしたものです。兼松さまは、代々津軽家にお仕えしている家の方で、先祖の兼松伴太夫《ともだゆう》さま、江戸で采女さまに家臣としてお仕えしていたそうですね」

「そのようにうかがっております」

「采女さまの書かれた『何羨録』を、伴太夫さまが写して、家宝として代々伝えたものと思われます」

「それを、兼松さまがお持ちであることをどうして――」

「この頃、釣りをするようになりましてね。それで、あなたの『漁人道知邊』を読んで、それがおもしろかったので、他に釣りの指南本はないかと捜していたところ、兼松さまが、そういう本をお持ちであることを知りまして、お願いして借り受けたものです。本に記されてはおりませんが、書の中の絵は、いずれも絵師の英一蝶《はなぶさいっちょう》の手であると聞きました」

「で、ごらんになった？」

「ええ。それで、『漁人道知邊』が、『何羨録』を下敷にしたものとわかったのです」

「しかし、それが、何か――」

「『何羨録』をお書きになった津軽采女さま、最初の奥さまは、あぐりさまという方だったそうですね」

「そうでしたか。そこまではわしも知りませんでしたが……」

「あぐりさま、米沢《よねざわ》十五万石の当時の城主、上杉弾正大弼綱憲《うえすぎだんじょうだいひつつなのり》さまの養女ということですが、その実父がどなたか御存知ですか――」

「いいえ。どなたなのです」

「元禄《げんろく》の頃、赤穂《あこう》の浪人四十七士に討《う》たれた吉良《きら》さまですよ」

「え!?」

「吉良上野介義央《こうずけのすけよしなか》、赤穂浪士に首を打たれたあの方が、采女さまの義父ということです――」

もちろん、赤穂事件のことなら、十三郎も知っている。

有名な事件であり、芝居にもなって、今もその芝居はたびたび板にのる。

「采女さま、吉良さまが討たれた朝、現場に駆けつけておられますね」

その現場、斬られた人の手足があちこちに散らばり、凄惨《せいさん》なありさまであったという。

「後年、伴太夫さまが、兼松さまに何度も語っていたということですが、采女さま、何度か吉良さまを誘って釣りに出かけたこともあったそうですね」

十三郎は言った。

「ああ、そんなことが――」

「もともと、お仲がよろしかったようで、采女さまが足を悪くされてお城勤めをやめた時には、たいそう心配なさっていたようです――」

「え、ええ」

「吉良さま、鱠残魚釣りが気に入ったようで、御自分で考案された鉤を、だれかに作らせたりもしたようで――」

「はい……」

「さすがに、御自分の名で世に出すのは恥ずかしいからと、一文字だけ残して別のお名前を使われたそうですね」

「それが、何か?」

何故、遊斎がこういう話をするのか、十三郎にはわからない。

「たしかめてみましょう」

遊斎は、言った。

「何をたしかめるのです」

「わたしの思うに、『漁人道知邊』の三刷があやしい」

にいっ、と遊斎が嗤《わら》った。

「な……」

言われても、十三郎には、何が何やらわからない。

『漁人道知邊』の三刷はありますか――」

「あ、ありますが……」

「それを持ってきていただけますか――」

「は、はい」

慌《あわ》てて十三郎は立ちあがり、すぐに『漁人道知邊』の三刷を持って、もどってきた。

「これでございます」

「では――」

と、遊斎は『漁人道知邊』と『何羨録』を膝先の畳の上に置き、それを交互に読みすすめていった。

それを、十三郎と六右衛門が、上から覗き込んでいる。

しばしの刻が過ぎて、

「ははあ、これですね」

遊斎が、指で、『何羨録』のある場所を示した。

そこに、

「鉤之圖《はりず》大概」

とあって、様々な鉤の図が描かれていた。

「高木善宗流、きすの鉤」とか、「阿久澤彌太夫きすの鉤」とか、「佐藤永無流、きすかれいに用ゆ」

などと、その鉤の図の下に書かれている。

その鉤を、誰が考案したか、どういう魚にその鉤を用いるのか、というようなことが記されている。

遊斎が指で示していたのは、ある鉤の図の下に書かれた文字であった。

その指の先に、

「水木吉兵衛流、きす鉤」

とあった。

十三郎と、六右衛門がそれを確認すると、

「ではこちらを——」

遊斎の指が、『漁人道知邊』の方に移動した。

その指が示したのは、『何羨録』の「水木吉兵衛流、きす鉤」に対応する箇所であった。

そこに、

「水木 凵兵衛流、きす鉤」

とあった。

「おわかりですか」

遊斎が言った。

「こ、これが、何か……」

「この字が欠けているところでしょうか……」

十三郎と、六右衛門が、何やらまだわからぬ顔で、遊斎を見た。

「水木吉兵衛の吉の字が、欠けております」

遊斎は、ふたりを見やり、

「吉良さまの、一番上の、言うなれば首にあたる吉の字が欠けて、吉と読めなくなっております。三刷のおりにどこかにぶつけたか、何かの具合でここが欠けて失くなったものでしょう。これをなおして、四刷の本を出せば、おそらく吉良さまの幽霊は現われなくなるでしょう」

「で、では、水木吉兵衛というのは、吉良さまの……」

十三郎が声をあげる。

「おそらく、別名でしょう。吉良さまの吉の字のある名前は、この水木吉兵衛しかおりませんので──」

遊斎は、白い歯を見せ、赤い眸を細めて、そう言った。

（五）

言われた通りにすると、はたして、夜な夜な加山十三郎の枕元に現われていた幽霊は出なくなった。

いや、一度だけ、出た。

四刷、四度目の『漁人道知邊』が出た日の晩に、件《くだん》の幽霊が現われた。

これまでと違っていたのは、その幽霊には首があったことだ。

白髪の老人の顔が、そこにあって、ちょうど首が、きちんと縫われて繋がっていたという。

吉良の首は、赤穂浪士たちに泉岳寺《せんがくじ》まで持ってゆかれ、浅野家の墓の前にしばらくさらされた後、吉良家に返された。

その首は、縫われて胴と繋げられ、その後、きちんと葬《ほうむ》られたという。

十三郎の元に現われた幽霊、

「いや、ありがたいことじゃ。ありがたいことじゃ……」

そうつぶやいて、ふっ、と消えたという。

大江戸火龍改

桜《さくら》怪《かい》談《だん》

ありた屋

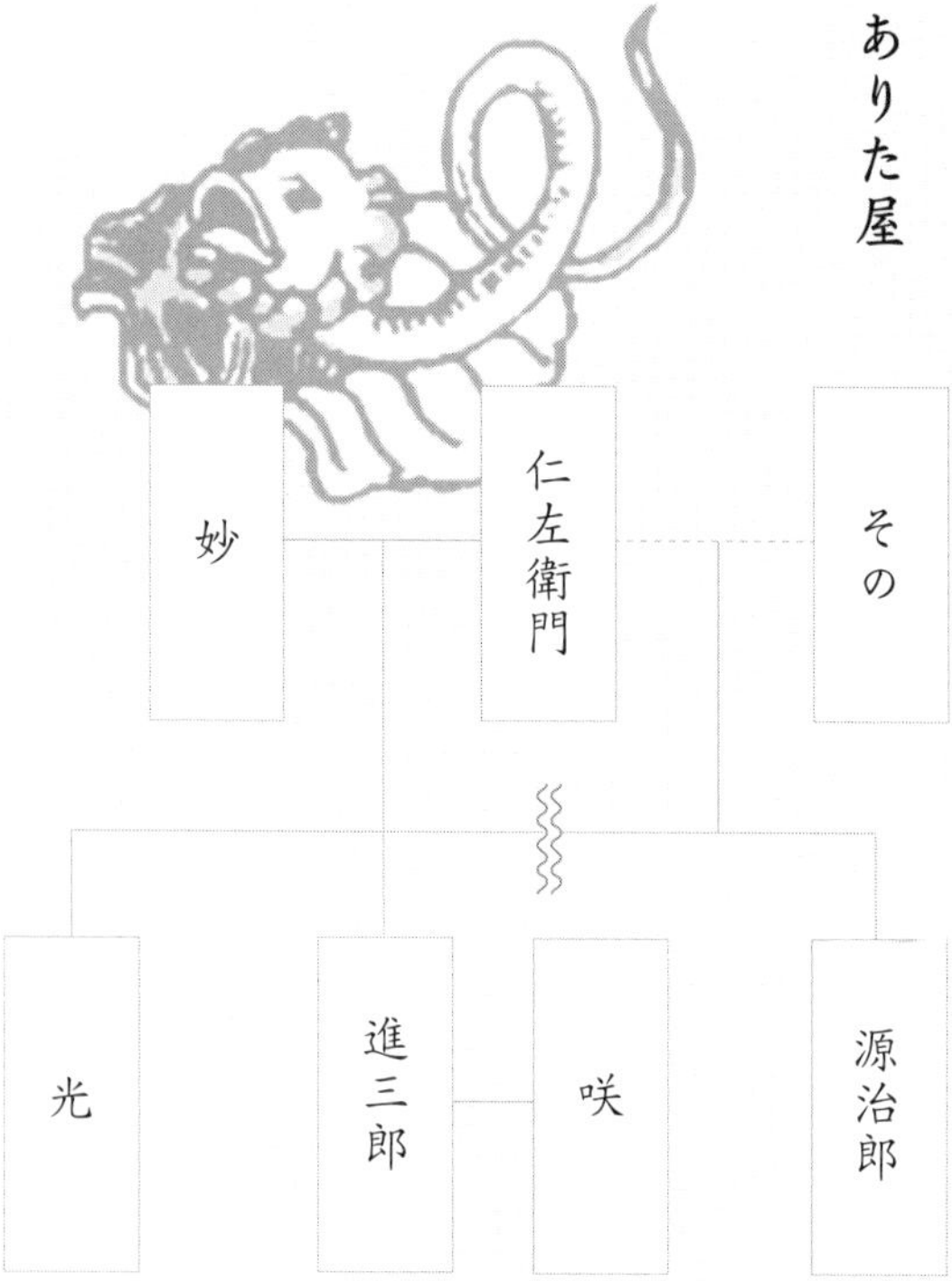

（一）

桜が満開である。

みっしりと、まるで果実のように花びらが実って、その重みで枝が下がっている。

風が吹くたびに、ひとひら、ふたひら、花びらが枝から離れてゆくが、まだ桜吹雪というほどのものではない。

品川の御殿山《ごてんやま》は、花盛りであった。

江戸の桜の名所だ。

花の下で、何人もの人間が座して、酒を飲み、それぞれが用意した肴《さかな》を口に運んでいる。

いずれの大店《おおだな》の人間たちであろうか、ひときわ大きな桜の古木の下に、赤い毛氈《もうせん》を敷いて、そこで茶会を催している者たちもいる。

三味線の音までが、あちこちから聞こえていた。

子供たちが集まっている輪の中に飴売りがいて、胸からぶら下げた鉦《かね》を叩いている。

〽土のあたまに蠅《はえ》が三疋《びき》とまった
　ただもとまれじ
　雪踏《せった》はいてとまった

鉦を叩きながら、唄《うた》を歌っている。

鉦の音の調子がいい。

〽どへえどへえ
　土平《どへい》というたらなぜ腹立ちやる
　土平も若い時ィ色男
　土平土平土平

この頃江戸で人気の飴売りの土平である。

ひょろりと背が高い。

唄いながら、長い足を持ちあげ、大きな上体をゆすり、首を傾け、肩を上下させて踊る。

そのひょうきんな仕種《しぐさ》に、子供たちが声をあげる。

近頃は、飴売りも手が込んでいる。

鳴りものを使って、踊り、唄って人を集め、そこで飴を売るのだ。

身につけているものも、派手である。

黄色に染めた木綿《もめん》の袖なし羽織に、さらに黒く虎縞《とらじま》の模様を染めて、紅絹裏《もみうら》を付けたものを着ている。羽織の赤い紐は太く付けて、頭には浅黄《あさぎ》木綿の頭巾《ずきん》をかぶっている。

足元に置いた、飴の入った箱から立てた日傘《ひがさ》も、黄色に赤い縁で、遠くからも目立つ。

子供がねだると、近くにいた親が、しかたなく懐から財布を出す。

こういう場所だから、ついつい財布の紐もゆるくなるらしい。

御殿山のすぐむこう、眼下に青く品川の海が光っている。

釣り舟が何艘《なんそう》か。

少し沖には、伊豆《いず》あたりからやってきたものと見える、白い帆《ほ》を掛けた船も見える。

のどかな風景であった。

そういう時に、人々の眼が一点に向けられたのは、高い悲鳴が聞こえたからであった。

女の悲鳴だ。

桜の古木の下に、赤い毛氈を敷いて、茶会を催していた一行の中からあがった悲鳴であった。

茶をたてていた大店のお内儀らしい女が、茶筅《ちゃせん》を取り落として、膝立ちになっている。

女の首が、妙な角度に曲がっていた。

悲鳴は、女の口からあがり続けている。

「お内儀さん」

「お妙《たえ》さま」

周囲の者は、何事が起こったのかと、女の名を呼んでいる。

と――

女のきれいに結《ゆ》いあげた髪が、ばらばらとほどけて、上に持ちあがった。髪が逆立っていた。

見ているうちに、奇怪なことが起こった。

女の膝が、毛氈から離れ、持ちあがったのである。

白い足袋《たび》を履《は》いた足先も、毛氈から離れた。

女の身体が持ちあがってゆく。

その場にいる者たちが、女の身体を押さえようとするのだが、触れたのは指先だけで、その身体はまだ持ちあがってゆく。

女の腰に誰かがしがみついたが、それでも止まらなかった。

女の身体が、頭上の桜の中に頭から没してゆく。

無数の花が、女の身体を包んだ。

桜の花で、半分、女の身体は見えなくなっている。

ひときわ、大きな悲鳴が、花の中からあがった。

すると――

下にいる者たちの上へ、花の中から落ちてくるものがあった。見あげている者たちの顔が、点々と鮮やかに赤く濡《ぬ》れてゆく。
血であった。
悲鳴はやんでいた。
ただ、音が聞こえてくる。
ぞぶ、
ぞぶ、
という、歯が肉を噛《か》む音。
ごり、
かつん、
ごつん、
という、歯が骨を断つ音。
何かが、桜の中で、女を喰《た》べているのである。
やがて、
どさり、
と、毛氈の上に、重いものが落ちてきた。
女の首であった。

（三）

不思議な部屋であった。

間取りは通常の長屋であるのだが、物が多い。

土間にも、畳の上にも、夥《おびただ》しい数の物が置かれている。

それが、ただの物ではない。

眼の三つあるあるされこうべや、異国の王冠のようなもの。

ギヤマンで作られた、異国人の風をした像。

たくさんの積みあげられた巻子。

無数の甕《かめ》。

取手のついた箱は、近頃はやりのエレキテルであろうか。

上半身が猿で、下半身が魚のミイラ。

得体のしれない、生物の骨。

そういうものがあちこちに無造作に置かれて、ほとんど畳が見えなくなっている。

奥に、やっと人ひとりが座ることのできる場所があり、そこにひとりの男が座していた。

白髪《はくはつ》である。

かといって、老人の白髪《しらが》というのとは少し違う。生々として、生気のある白だ。

その長い白い髪を、赤い紐で結んで頭の後ろで束ねている。

肌の色が白い。

眼は、切れ長で、眼尻が顳顬《こめかみ》に向かって、刃物で切れ込みを入れたように、伸びている。

その容姿もちょっとした仕種《しぐさ》も、幽雅で美しい。

この部屋の主、遊斎である。

人形町にあるこの鯰長屋に住んでいるのだが、ちょっと正体のわからないところがある。

まず、遊斎の年齢がわからない。

ちょっと見た目は、白髪のため、老人のように見えるが、その眼元の涼しさは、ことによったら三十代かとも思えるほどだ。唇の赤さが、女のようでもある。

そして、眸が赤い。

「で、見たのですか、土平さん」

その赤い唇が動いた。

「見ましたよ」

そう答えたのは、遊斎の前に座しているあの飴売りであった。

齢は五十歳ほどか。

身体が大きい。

六尺に余る丈を縮めて座してはいるが、いるだけで、この部屋の空間の全てが埋まってしまいそうであった。

座したその横に、飴の入った箱と、たたんだ日傘が置かれている。

「そうですか。御殿山で起こったその事件のことは、わたしも耳にしています。女が喰われたそうですね」

「ええ」

とうなずき、

「女の髪が、こう逆髪《さかがみ》になって、上へ持ちあがって――」

そういう土平の眼が、濡れたように光っている。

「その後に、こう、血がふってきやがった」

「それで？」

「上からどさりと落ちてきたものがあって、それが、女の首だったたってえわけで――」

土平は、その光景を思い出したように小さくぶるりと首を振って、

「ありゃあ、一ぺんでいい、二度は見たくねえ――」

そう言ったのだが、言ったその唇の端が、ほんのわずかに持ちあがっているようである。

「嬉《うれ》しそうですね」

遊斎が言った。

「いや、かんべんしてくださいよ。別に悦《よろこ》んでるわけじゃああありません」

土平は、ぴしゃりと自分の頬《ほお》を叩き、

「この身体とこの面《つら》ァ、生まれつきで――」

二度、三度、そこをさすって見せた。

顔が広く、大きい。

顎がしゃくれていて、眼、鼻、口の造作も大きく、そういう面を被《かぶ》っているようである。しかし、妙に愛敬《あいきょう》がある顔だ。眼や口の動きもひょうきんで、その顔だけでも子供たちが集まってくるであろうと思われた。

その顔を叩いた手も大きい。

溜め息をついて、土平が大きく息を吸い込むと、部屋の空気が全部なくなってしまいそうであった。

そこへ、

　これやこのゆくも帰るも別れては
　知るも知らぬも逢坂《おうさか》の関《せき》

遊斎が、歌を口にした。

「百人一首でしょう?」

土平が言う。

「蟬丸《せみまる》法師ですよ」

「それくれえは、あたしにもわかります」

「そうですか——」

と、遊斎はうなずき、

「では、能の一曲に、『蟬丸』というのがあるのを知ってますか」

土平に問うてきた。

「知りません。そういう演《だ》しものが、あるんですか。能なんて、もともとあたしらには縁のねえもんで。それが、何か——」

「それにね、〝逆髪〟が出てくるのですよ」

「何ですって?」

（三）

誰が書いたか不明と言われている能の一曲に、『蟬丸』がある。

作者は世阿弥《ぜあみ》であると言う者もいるが、そのこと、定かではない。

ただ、世阿弥の芸談集である『申楽談儀』では、この一曲について自身が、

「逆髪の能に、云々」

と語っていることから、演じたことがあるというのは事実であろう。

さて、この『蟬丸』——

ツレは、蟬丸という盲目の琵琶法師である。

延喜帝《えんぎ》——つまり醍醐《だいご》天皇の第四皇子で、生まれた時から盲目であったとも、後に盲目となったとも言われている。

しかし、この一曲にあっては、生まれた時から盲目であったとされている。

次のような物語である。


蝉丸、琵琶の名手であった。

しかし、盲目であったため、帝《みかど》の命により、逢坂山に捨てられた。

蝉丸の出自については、様々な物語が残されており、ある物語では、敦実《あつみ》親王に仕えていた雑《ぞう》色《しき》であったとも伝えられている。

しかし、ここでは能の話である。

〽琵琶を抱きて杖を持ち
臥《ふ》し転《まろ》びてぞ泣き給ふ
臥し転びてぞ泣き給ふ

ここで間狂言《あいきょうげん》となって——
独りになった蝉丸が、琵琶を抱えて、身の行く末を案じているところへ蝉丸が捨てられたと聞いて、やってきたのが、源《みなもとの》博雅《ひろまさ》という三位《さんみ》の楽人である。

博雅は、琵琶の名手である蟬丸から、なんとかして芸を学びたいと考えて、後を追ってきたのであった。

博雅は、そこに藁屋《わらや》を建てて、その庵《いおり》に蟬丸を住まわせ、助けが必要な時にはいつでも声をかけてほしいと告げて、去ってゆく。

ここで登場するのが、シテの逆髪である。

逆髪は、延喜帝の第三皇女、つまり蟬丸の姉である。姉は狂人であり、髪がぼうぼうと逆立っており、そのため都を追われて諸国をさまよううち、この逢坂山の蟬丸の住む庵に、たまたまやってきたのである。

再会して互いに姉と弟と知るも、ふたりはまた別れてゆく。

〽互にさらばよ
常には訪《と》はせ給へと
幽《かす》かに声のする程
聞き送りかへり見おきて
泣く〱別れ
おはします
泣く〱別れ
おはします

（四）

「救いのねえ一曲じゃあねえですか」

土平が言った。

曲の説明を終えた遊斎に向かって、不満そうな顔を向けている。

能というものの多くには、この世に思いを残した亡霊がたちあらわれてくる。それが調伏《ちょうぶく》されるか、成仏《じょうぶつ》させられて、消えてゆくという内容の物語が多い。

そのくらいは、さすがに土平もわかっている。

しかしこの一曲では、蟬丸とその姉逆髪の抱えた運命は、何ひとつ解決することなく、ふたりは別れるのである。

土平の言うことはもっともであった。

「その通りですね」

遊斎は、どういう感情も面に出すことなくうなずいた。

「で、あなたには見えたのでしょう？」

遊斎の、赤みがかった眸が、土平の顔を覗き込む。

遊斎の顔は、問うようにわずかに右に傾けられていて、この頃評判の、鈴木春信《すずきはるのぶ》の描く女のようであった。

「ええ、見えましたよ」

土平が、大きな顎でうなずいた。

「どうでした？」

「手ですね」

「やはり……」

「やはりって、遊斎先生、御覧になっちゃあいねえんじゃあ――」

「わかるのです」

「どうしてわかると？」

「それは後にして、先を話して下さい」

「ええ、まあ……」

ここで土平は足を崩して、正座から胡座《あぐら》になった。

頭を低くし、

「青黒い、大え手《でけ》でしたぜ」

声を低めた。

「その手が、桜の中からおりてきて、こう、女の髪をつかんで持ちあげてるんでさあ……」

土平の喉《のど》が、ごくり、と音をたてる。

「で？」

「その手が見えねえもんだから、それで、他の人間にゃあ、髪だけが逆立ってるように見えるんで……」

「他の者には見えてない?」

「もちろんです」

「それで?」

「その手を伸ばした奴が、桜の中で、女を喰って、首にしちまったんですよ」

「そいつの姿は、見たのですか――」

「いいえ、それが花に隠れて見えませんでした。いや、どんな奴が女を啖《く》らっていやがるのか、あたしも見たかったんですがね、残念なことで――」

言った土平の口の両端が、上に持ちあがっている。

はっきり、笑っていると見えるかたちであった。

(五)

土平が、見物人たちの前で、傀儡《くぐつ》を回している。

「どうぞ、小判をお返しくだされ」

「いいや、もう小判は埋めてしもうた故、返すことはならねえ。どうしてもと言うなら一両につき、二分の手間賃をもらおうか――」

「小判を埋めたら、それが樹になって、秋には木の葉の数と同じくらい、小判の実が生《な》るっておっしゃったじゃあありませんか」

「いかにも言うたわい」

「よくよく考えたら、そんなことあろうはずがござりませぬ」

土平が、女の声色《こわいろ》を使って言う。

なかなか真《しん》に迫っている。

次には、男の声で、土平が言う。

「何と言おうが、一度は信じて、小判五両をあずけたのはあんただ。そりゃあ聞こえねえ、聞こえねえ——」

土平は、地面に箱を置き、その上部を左右に開いて、その上で、二体の人形を操っているのである。土平が手にしている十文字に組んだ木の棒につながっている。

一体は、蛙《かえる》の人形だ。

一体は、猿の人形である。

大きさは一尺足らず。

蛙の人形の方には、赤い服を着せているので、女とわかる。

猿の方の人形には、黒い羽織《はおり》を着せているので、男とわかる。

それぞれの人形の手足、頭部からは糸が伸びていて、その木の棒と糸を片手で上手に動かして、土平は人形を操っているのである。

左手で蛙の女を、右手で猿の男を——

箱の外側には、竹の筒が取りつけてあって、そこに、傘の柄《え》が落とし込まれている。土平の頭上には、黄色に赤、色目の派手な傘が開いている。傘の柄からは、箱の上に棒のようなものが伸びていて、時おり、土平は一方の人形を操る十字状の木を、その棒に引っかける。そして、空いたその手で、ちん、と鉦を叩いて拍子をとる。

なかなかおもしろい。

柳の下だ。

その柳のすぐ先は、海水の混ざる川である。

小網町《こあみちょう》——川には何艘もの舟が並んでいる。

このあたりは、水運がいいことから、米問屋や油問屋など、問屋が多い。

そういった場所で、水を背にしながら、土平は商いをしているのである。

歌で人を集め、傀儡で注意をひき、そこで、集まった者に飴を売るのである。

土平を囲んでいるのは、六人の子供と、その母親らしき三人の女、そして、使いの途中らしい、どこかの店の使用人らしい男がひとり。

どこかで葬式でもやっているのか、坊主の読経《どきょう》の声が、風に乗って届いてくる。

傀儡が終わって、飴を売る。

飴と銭のやりとりをしながら、

「それにしても、たいへんでござりましたなあ——」

土平が、女たちに声をかける。

「ありた屋のお内儀さんでしたか、二日前に亡《な》くなられたとうかがいましたよ……」

言いながら、銭を受けとり、土平が頭を下げる。

身体が大きい分、肩を曲げ、首を前に落として、ひょこりと頭を下げる。

その動作が、なかなか剽軽《ひょうきん》である。

「進三郎《しんざぶろう》さんも、おかわいそうに――」

「半年前に、お嫁さんをもらったばっかりだっていうのにねえ」

「そう、お咲《さき》ちゃん」

女たちが、訊ねもしないうちに、ありた屋の内情についての話をはじめた。

「でも、お妙さんの死に方がねえ」

「なんておそろしい……」

女たちがそう言っていると、そこへ、ふたりの男がやってきた。

女たちがそれに気づいて脇《わき》へのくと、ふたりの男は、空いたところへ入ってきて、土平の前に並んだ。

「飴やさん、すまないが、今、不祝儀でとり込み中なんだ」

ひとりの男がそう言った。

もうひとりの男は、

「あんまり賑やかなのは、かんべんしてもらいてえんですがね。悪いが、商いなら、今日のところは別のところでやってもらいてえのさ――」

そう言いながら、懐に手を入れ、

「まあ、これでおさめていただければ――」

懐から出したものを、土平の手に握らせてきた。

手を開いて見るまでもない。一分金がふたつ、二分である。

「そいつは気がつきませんで、失礼いたしました」

土平が頭を下げる。

人形を手に取り、箱の蓋《ふた》を開け、人形をおさめて、左右に開いた板をぱたりぱたりとたたみ、蓋を閉める。

つまらなそうな顔をしている子供の手をひいて、女たちが背を向けた。

土平が帰《かえ》り仕度《じたく》をするのを見て、やってきた男たちも、そこから去ってゆく。

その後ろ姿を眼で追いながら、土平は箱を背負《せお》い、傘を左手に握った。

「ま、今夜だな」

ぼそりと、言葉をちぎって捨てるようにつぶやいた。

(六)

組んだ石垣の上の、柳の根元に、土平は座している。

腰の下には、箱があり、その箱の上に尻をのせているのである。

夜——

足元には、ひたひたと闇の中を、潮が寄せてくる。

満ち潮である。

空には、十六夜《いざよい》の月が出ている。

薄く雲がかかっていて、月の周囲がぼんやりと光っている。

風がある。

強くもなく、弱くもない風だ。

それでも、散りかけた桜の花びらを運ぶのには充分なのか、時おり、どこからか月光の中をひらひらと花びらが飛んできては、あげてきた潮の上に落ちる。

柳の下に隠れているというほど身を縮こめているわけではないが、ただ、月と潮を眺めているというには、その姿が少し怪しげであった。

右肩の上に、人形を座らせるようにのせているのである。

あの、赤い服を着せた、蛙の人形であった。

その人形が、土平の方へ、顔を向けている。

そして、土平は、その人形の顔の方へ、首を傾け、自分の右頬を寄せているのである。

「ふむ」

「ほう」

と、時おり、土平の唇が小さく動く。

そして、うなずくように、顎を引く。
まるで、その人形と、夜の闇《やみ》にまぎれて、睦言《むつごと》を交《かわ》しているようにも見える。
しばらく前から、ずっと、土平はそうやっているのである。
やがて、土平の唇の動きと、顔の動きが止まった。
「今夜のところは、ここまでか……」
低い声を、懐へこぼすようにつぶやいた。
そのまま、土平は、あげてくる潮と、飛んでくる桜の花びらを見るともなく見ていた。
この間、人通りはない。
しばらく点いていた、家々の灯りも、多くが消えていた。
やがて——
土平が顔をあげて、左手の方を見やった。
人の姿はない。
ただ、近づいてくる影があった。
猫か!?
そのくらいの大きさのもの。
しかし、猫ではない。
というのも、その影は、二本の足で歩いていたからだ。
速い動きではない。

ひょこり、
ひょこり、
と、揺れているように歩く。

月光が、それの影を、地に落としていた。

人のように見えるが、人ではない。

それは、あの、猿の人形であった。

あの猿の人形が、ひょこり、ひょこりと歩きながら、土平の方へ近づいてくるのである。

近づいてきたその猿の人形を、土平は両手で捕えた。

と——

すぐに猿は動かなくなり、ただの人形にもどった。

腰をあげ、箱の蓋を開ける。

土平は、箱の中に、二体の人形をしまって、箱を担いで立ちあがった。

左手には、傘を握っている。

ゆっくりと歩き出した。

途中、左手へ折れて、北へ向かう。

そのままゆけば、人形町通りである。

土平が足を止めたのは、しばらく歩いてからであった。

立ち止まり、後方を向いた。

凝《じ》っと、闇の奥をうかがう。
「ふん……」
もとへもどした顔の、その口の両端が持ちあがっていた。
楽しそうに笑っているのである。
再び歩き出す。
少し歩いて、ふっ、と右手へ折れた。
早足になる。
駆けるように歩いて、右手へ再び折れる。
そこに、鳥居があり、その鳥居を土平はくぐっていたのである。
橘《たちばな》稲荷《いなり》である。
境内の中央に石畳が続いて、奥に社があった。
その社を背後にするかたちで、土平は立った。
左手に握った傘を開いて、背の箱に取り付けた筒の中に、その柄を差し込んだ。
背後に手を伸ばし、箱の蓋を開け、中から人形一体を取り出した。
あの、猿の人形であった。
手足の長い土平だからこそ、そんなことができる。
人形を握って、土平は、待った。
眼の前に、さっきくぐってきた鳥居があり、その左右に、花を咲かせた桜の樹がある。

月光の中を、花びらがひらひらと落ちてくる。

さっきまであった風が、消えていた。

花びらは、風で枝から離れるのではない。自身の重みに耐えかねて、落ちてゆくのである。

落ちてゆく花びらが、時おり小さく右へ動き、左へ動くのは風のためではない。それは、花びらの形状によるものだ。

ここまで来るか?

土平はそう考えている。

追ってきたものが、である。

来る。

そう思っている。

人形町の遊斎のところまで、報告にゆくつもりであった。

しかし、気配を感じた。

何者かが、自分の後を追ってくるのである。

姿の見えない何か。

それが、ここまで自分を追ってきているはずであった。

遊斎のところまでゆかず、ここへ入ったのは、その追手をここへ誘導するためであった。

待っていると、鳥居の向こうの闇の中に、やってきた何かが立ち止まる気配があった。

その気配が、動かない。

それは、鳥居の向こうから、凝っと、土平の気配をうかがっているようであった。
それの意志のようなものが、じわじわと鳥居をくぐって、こちらへ届けられてくる。
相手は動かない。
そこで——
土平は、地にそっと猿の人形を置いた。
人形は、倒れなかった。
二本の足で、そこに立った。
「ゆけ……」
土平が言うと、猿の人形が、動き出した。
ひょこり、
ひょこり、
と、身体を左右に揺らしながら、鳥居の方に向かって石畳の上を歩いてゆく。
猿の人形が見えていたのは、鳥居のあたりまでであった。
鳥居をくぐると、その姿は闇に溶けて見えなくなった。
頭上に伸びた桜が、月光を遮《さえぎ》っているからである。
音がした。
風のようなものが動く音だ。
そして、木と、布と、自身の体毛で作られた人形と、他の何かが接触する音が響く。

かつん……
ごりん……
ぐしっ……
人形が、獣の顎《あぎと》に噛《かじ》られる音。
その音が、止《や》んだ。
鳥居の向こうの闇の中から、何かが飛んできて、土平の足元に落ちた。
人形の顔と胴が、ずたずたに裂かれていた。
仰向けに倒れていた人形が、ぴくり、と動いた。
そして、猿の人形は立とうとした。
だが、立ったその姿勢をたもつことができずに、すぐに倒れた。
と——
鳥居の向こうに、ぽっ、と小さく火が点った。
青い炎であった。
ぽっ、
ぽっ、
と、青い炎の数が増してゆく。
燐《おにび》である。
ひとつ、ふたつ、みっつ……

五つの燐が、宙に点った。

烈《ひか》る燐の数が、よっつ、いつつと増えてゆくにしたがって、鳥居のすぐ向こうの闇の中に、見えてきたものがあった。

それは、人の顔であった。

しかも、不気味なことに、その人の顔は、逆さであった。人の膝ほどの高さに、逆さになった人の顔が浮いているのである。

顎が上、頭が下。

髪がない。

眼は、卵のように丸く、黄色く光っていて、その口がにったりと歯をむいて笑っているのである。

「おまえ、聴いたなあああ……」

笑っているその唇が言った。

「聴いたな、おまえええ……」

舞い落ちる花びらの中を、ゆっくりと、その顔が前に出てきた。

月光の中へ、それが這い出てきた。

燐と月の光で、その姿が見えた。

裸の、人であった。

裸の人が、犬のように四つん這《ば》いになっているのである。

しかし、その姿のなんと奇怪なことか。

それは、腹を上へ、背を下へ向けている。仰向けになった状態で、両手と両足を地について、それは這っているのである。

肩の関節と股関節の可動域が、異様に大きいためであろう、無理に身体を反《そ》らせて、両手両足を地についているという感じはない。

喉を伸ばし、のけぞるように首を後ろへ曲げているため、逆さになった顔が、土平と向きあっているのである。

それの股間からは、犬の尾のように、禍《まが》まがしい大きさと長さを持った男根が、天に向かって斜《なな》めに突き立っている。

と——

社の横から、何かが飛び出てきた。

一頭の犬であった。

社の縁の下で寝ていたと思われる犬が、この奇怪な侵入者に気づいて、出てきたのである。

犬は、土平の傍《かたわら》を駆け抜け、その奇怪な姿のものの手前で動きを止め、

ぐるるる……

と、低く唸《うな》った後、牙《きば》をむいて、激しく吼《ほ》えかかった。

と——

それの周囲に浮かんでいた燐のうちのふたつが、生き物のようにふわりふわりと動いて、犬の

上までやってくると、まるで、蝶《ちょう》が花にとまるように、その身体の上に落ちた。

一瞬、犬の咆える声が止まった。

次に、犬の口から出てきた声は、咆え声ではなく、明らかな苦しみの声であった。

犬が、もがきはじめた。

もがけばもがくほど、燐の青い炎の勢いが増して、その色も強くなってゆく。

犬が、動かなくなった。

燐が、離れると、地に犬が倒れていた。

犬は、干からびた木乃伊《ミイラ》のような姿となり、すでに、息はしていなかった。

「ぬう!?」

と、土平が唇を吊りあげる。

その口が、楽しそうに笑っているようだ。

犬の上を舞っていた燐が、
ふあん、
ふあん、
と動いて、土平に向かって飛んでくる。

土平は、笑ったまま、動かない。

燐の飛び方は、蝶のように、右に、左に、不規則に動いていているため、次の瞬間にはどこにいるのかわからない。

ふいっ、
ふいっ、
と、たて続けに、燐が青い尾を引いて土平に向かって飛びかかってきた。
それが、土平の顔の前、一尺半余りのところで、
ぼっ、
ぼっ、
と、見えぬ何かにぶつかったように、砕けて宙に散った。
砕け、無数の小さな炎となって、ふたつの燐は消えた。
くりん、くりん、と、それの首が右に、左に、交互に傾けられた。
「おまえ、今のことといい、そこの人形のことといいいいいい、ただあの、ひひひとでででは、なあああい、な……」
くりん、
くりん、
と、それの首が左右に動く。
「この傘を、ただの傘と思うなよ」
土平は言った。
「この世のものじゃねえもなあ、この傘の下には入《へえ》っちゃこられねえ――」
「なあら、こっちちから、ゆこうううかあああ……」

ぬたり、
ほたり、
と、手足を動かして、それが近づいてきた。

人を、五人も殺した人間の、悪夢の中から這い出てくるような、そんな動きだ。

それが、すぐ眼の前までやってきた。

土平を見あげているそいつの眼球に、青い血の筋のようなものが、幾つもからんでいるのが見える。

それは、止まらなかった。

土平は、逃げなかった。

ひょい、
と、それが、左の前足——つまり、右手を伸ばしてきた。その手は、傘よりも内側に入り込んで、土平の右足首を摑《つか》んだ。

「くわっ」

土平は、それの右手を、左足でおもいきり踏みつけ、後ろへ跳んだ。

「この傘の内側まで、入ってこれるのか——」

土平の顔つきが、変化していた。

「おめえ、人か!?」

眼が、吊りあがっている。

しかし、その口には、まだ嗤いがへばりついている。

傘の下には、入って来られまい——そう思っていた。しかし、そうではなかった。右手が入ってきて、右足首を摑まれた。

本当に摑まれていたら、あれでははずせなかったであろう。まだ、指に力が込められる前——手が入ってきた時に、もう、土平はその動きを始めていた。だから間にあったのだ。もしも、一瞬でも、それの右手を踏みつける動作が遅れていたら、足首を摑まれ、ひき倒されていたことであろう。

そうなったら、どうなっていたか。

「おもしれえ」

土平が、白い歯を見せた。

すぐ向こうから、逆さになった顔が、土平を見あげている。

青い、長い舌が、それの口から這い出てきて、へろへろと踊った。

その顔の周囲で、三つの燐が、青い蝶のように舞っている。

そこへ——

ちりん……

ちりん……

という、小さな音が響いた。

鈴の音《ね》であった。

ちりん、
ちりん、
その鈴の音が、近づいてくるのである。

それの背後——鳥居のところへ、人影が現われた。

ちりん、
ちりん、
その人影が、舞い落ちる花びらをくぐって、しずしずと月光の中へ歩み出てきたのである。

まるで、大輪の花が——たとえば、白い牡丹《ぼたん》の花が、ゆっくりとその花びらを広げてゆくような速度であった。

長い、白い髪が、月光に銀色に光っている。

その髪の上に、桜の花びらが、ひとつ、ふたつ——

白い道服のようなものを着ていた。

長沓《ながぐつ》を履いている。

上に羽織《はお》った衣《きぬ》が、歩を進めるたびに、ひらひらと踊って、その裏地が見える。その裏地の色は、夜目にも艶やかな真紅《しんく》であった。

背に、琵琶法師《びわほうし》のように、何かの楽器を負っていた。

胴の琴筒と棹に黒く漆の塗られた、弦楽器、二胡《にこ》であった。

右手に、四尺八寸の杖を握っている。

握ったその手の上——杖の頭の部分には、杖に巻きつくように龍が彫《ほ》られていた。

その龍の首のあたりから、輪になった紐が垂れていて、その紐の先に、ふたつの鈴がぶら下がっていた。

その人影が、歩きながら杖を突くたびに、鈴が揺れて鳴っているのである。

人影が立ち止まった。

赤い女のような唇が動いた。

「どうしました、土平……」

鈴よりも涼《すず》やかな声が響いた。

「遊斎先生……」

「もどってくるのが遅いので、様子を見に来たのです——」

遊斎が言った。

「こんなことになっていたのですね……」

遊斎、声も、顔も、いつもと同じだ。

それにとっては、正面に土平、後方に遊斎と、ふたりに挟まれたかたちとなった。

それは、ぬたり、ほたり、と手足を横へ動かして身体のむきをかえ、遊斎と土平を左右に見るかたちをとってから、後方へ退がった。

視界の中に、ふたりを同時に見ることができる位置で、それは、動きを止めた。

へひゅうう……

ふひょうう……

それが、息をすると、その口から、ほわり、ほわりと、燐が泡のように出てきた。

その数、ふたつ。

めろめろと、五つの燐が、宙で舞っていた。

その燐が、ふいに、動いた。

疾《はや》い。

蝶の動きではない。

青い、光る尾を引いて、燐が左右に飛んだ。

二つが、土平に。

三つが、遊斎に。

ふたつは、土平の傘の下に潜り込もうとしたその途端に、さっきのように砕けて散った。

遊斎は、右手に持った杖をゆるりと持ちあげて、その杖の先で、三度、宙を撫《な》でた。

優雅な動きであった。

それほど速い動きのようには見えぬのに、杖の先は、飛んできた燐を、ひとつずつ、軽く打っていた。

三つの燐は、杖に打たれて土平の傘の下に入ろうとした燐のように、無数の、光る玉となって散った。

小さく散った光の玉が消えた時、同時に、それも姿を消していたのである。

〈七〉

人形町にある、遊斎の部屋であった。

燈明台《とうみょうだい》の上に、赤い蠟燭が一本立っていてそこに、灯が点っている。

その炎は、ゆらめきながら、赤から、黄色、そして青くその色を変化させる。

正座をしている遊斎の白い頬に、その色がちらちらと踊っている。

「いつ見ても、いい炎の色ですねえ」

遊斎の前で、胡座を掻いている土平が言った。

「人魚の蠟燭ですから……」

遊斎が言う。

海辺のある村に、老夫婦がいた。

蠟燭を作り、それを売って暮らしをたてていたのだが、子供がなかった。

その夫婦が、ある時、子供を拾った。女の子であったが、ただの女の子ではなかった。その娘《こ》は、人魚だったのである。

それでも、その夫婦は人魚の女の子を大切に育てた。

成長して、その娘は、夫婦の仕事を手伝うようになった。蠟燭に、赤い絵の具で絵を描いたのである。それが評判となって、蠟燭は売れ、夫婦の暮らしは楽になったのだが、それを聞きつけて、ある時香具師《やし》がやってきた。

「耳にしたところによれば、おまえさんのところには、人魚の娘がいるそうではないか。その人魚を、おれに売ってくれまいか」

香具師の用意した金に目がくらんで、夫婦は、女の子を香具師に売ってしまったのである。

女の子は、最後の晩、残った赤い絵の具を全部つかって、あった蠟燭の全部を赤く塗ってしまったのである。

女の子が売られていった晩、大風が吹き、嵐となって、村を襲った。

その嵐で、売られてゆく女の子の乗った船は沈み、その村も、どんどんさびれて、いつか、だれも人が住まなくなって、滅んでしまった——

その、人魚の娘が作ったという赤い蠟燭を、遊斎は手に入れて使っているのである。

「ところで、さっきの話ですが、あれは、手を傘の下に入れてきたのですね」

「へえ」

と、土平はうなずいた。

「暗火魂は、きちんと防いだんですが、あいつの手が……」

「ということは、あれは、人？」

「いや、人じゃあねえですよ。あれが人だったら、どうにもこうにも……」

遊斎の家までやってくる間に、土平も、ひと通りのことは遊斎に語っていた。

それを受けての、遊斎の言葉であった。

「たぶん、ありた屋から、ずっと後をつけてきたんだと思いますがね」

「何でついてきたのでしょう」

「あたしのことを、始末するつもりだったんでしょう」

「人形を使って、ありた屋の話を盗み聞きしてしまったから?」

「おそらくは――」

「さっき、道々に聞かせてもらいましたが、あなたが盗み聞きしたことを、今、ここでもう少し詳《くわ》しく聞かせてもらえますか」

「何度でも、聞かせますよ」

そう言って、土平は、ありた屋で、盗み聞きしたことを、あらためて遊斎に語りはじめたのであった。

（八）

小網町にある米問屋ありた屋――

その部屋にいたのは、わずかな人間であった。

ありた屋の主人仁左衛門《にざえもん》、その息子の進三郎、半年前に妻となったばかりの咲。

番頭の嘉兵衛《かへえ》。

女中頭の富《とみ》。

合わせて五人。

すでに、夜は更けている。

行灯《あんどん》に灯りが点されていて、五人の顔の上に、灯りの色が映っている。

行灯から少し離れたところに、青い絹の座布団が敷かれていて、その上に、赤い漆の塗られた櫛《くし》と、和紙に包まれたひと束の髪が置かれていた。

座布団の横の畳の上に位牌《いはい》がたっている。

いずれも、二日前、花見のおりに御殿山で怪死した、仁左衛門の妻であった妙のものである。

そして、床の間を隠すようにして、逆さにされた屏風《びょうぶ》がたてられている。

妙の身体で、無事であったのは、ほとんど、最初に落ちてきた首だけであったと言っていい。

後は、手の指数本と、臓腑《はらわた》の一部、どこのものやらわからぬ肉の一部、そんなものが、桜の下の地面や、樹の枝の上にひっかかっていただけだ。

頭部をのぞいては、身体のことごとくを何ものかに喰われてしまったことになる。

しかも、それは見えなかった。

役人の検視やら、檀那寺《だんなでら》の坊主に来てもらうやら、昨日までは、何が何やらわからぬくらいにあわただしかった。人が怪死した時は、その筋の証書がなければ、葬儀をすることができない。

やっと今日の午後になって、内々に簡単な葬儀をとり行うことができたのである。

首を寺に運ぶ時は、座棺《ざかん》ではなく寝棺にした。

人ひとりが横たわることのできる寝棺に、首ひとつを入れ、その周囲には、生前妙が大事にしていた小物や衣類を入れて、出棺した。

かたづけやら何やらに追われて、ようやく、しばらく前に、店の主だった者が、この部屋で顔を合わせたところであった。

茫然《ぼうぜん》とした様子で、魂がここにないという顔をしているのは、主人の仁左衛門であった。事件の異様さと、この二日半のあわただしさで、哀しんでいる余裕もなかったのだが、今になって、疲れと喪失感《そうしつ》に襲われ、そんな顔になっているらしい。

「みんな、今日は本当によくやってくれました……」

気丈《きじょう》な声で、そう言ったのは、進三郎であった。

進三郎には、兄と妹がいたのだが、兄の源治郎《げんじろう》は三年前に亡《な》くなり、妹の光《みつ》は、昨年の秋に相州小田原《おだわら》の商家に嫁《か》している。

本当であれば、光がやってくる明日まで葬儀を延ばすところなのだが、首だけをずっと置いておけず、今日の葬儀となったのである。

遅れてやってくる親類の者や、遠方にいる縁者のために、形見《かたみ》になるものは家に残しておいて、こちらでは、位牌とそれに手を合わせてもらおうと考えたのである。

赤い櫛は、落ちてきた首の髪に挿《さ》してあったものだ。

今、この場に居る者で、仁左衛門と血が繋《つな》がっているのは、進三郎ただひとりということになる。

「とんでもございません。若旦那こそ、この三日間ほとんど眠らずに旦那さまのかわりにあれこれと――」

逆に進三郎をねぎらう言葉を発したのは、番頭の嘉兵衛であった。

「いやいや、眠ってないのは皆も同じだ。嘉兵衛さんがいてくれたからこそ、今日の葬儀だって、なんとか終えることができたのです。本当に御苦労でした」

進三郎が、頭を下げる。

「いいえ、あたしのことより、お富がいろいろやってくれたので――」

嘉兵衛に言われて、富がしゃべり、咲が口を開き、皆が皆をねぎらったのだが、仁左衛門だけが、しゃべらずに、虚空を見つめている。

声をかけられても、

「ああ……」

とか、

「うむ……」

とか、短い言葉を発するだけである。

「お父っつぁん……」

と、進三郎が声をかけると、

「若旦那、無理にしゃべらせる必要はございません。なにしろ、奥様が、眼の前であのような死に方をなされたのですから……」

富が進三郎に声をかけた。

「しかし、おそろしいことでした。今でも、眼を閉じれば、あの光景が浮かんできてしまいます。夜に寝られないのは、そのことを思い出すので、眼を閉じたくないのでしょう」

嘉兵衛は、頭の中から何かを追い払うように、小さく首を左右に二、三度振った。

「大事になさっていた櫛が、ようやく見つかり、それを挿してのお出かけでございました――」

これは、咲が言った言葉である。

「母上も、たいへん喜んでいらっしゃったのですが――」

咲はそう続けて、

「それにしても、どうしてあのようなことに……」

皆に疑問を投げかけた。

「樹の上に、何かいたのでございましょうか――」

「もう、わたくしは、おそろしくて桜の下は歩けませんよ」

「いったい、何があったのかねえ」

「鬼か天狗《てんぐ》、いずれにしろ化け物の仕業ですよ。人ならば、あんな酷《むご》いこと……」

「皆さんも、お役人には、さんざ聞かれたのでしょう――」

「ええ、そりゃあ、もう何度も……」

「でも、何度訊ねられたって、わからないものはわからない」

「どうして、あのようなことがおこったんだか――」

皆が、口々に、あの時のことを口にしはじめた。

しかし、仁左衛門だけは、ほとんど口をきかないでいる。

「話は色々あるでしょうが、明日もまた忙しくなるから、皆さん、もうそろそろ寝《やす》みましょう」

進三郎がそう言った時、

「とらまるも見つからぬ……」

仁左衛門がつぶやく。

「お妙もあんな姿になって……」

仁左衛門の身体ががくがくと小刻みに震えていた。

なにしろ、妙の首が落ちてきたのは、仁左衛門の足元であった。それを見た時の衝撃が大きすぎて、なかなか、心だけでなく肉体ももとにはもどらないのである。

「まさか、お妙、なんであんなことに……」

その声が、そこで止んだのは、進三郎が膝をすすめて、仁左衛門の肩を抱いたからである。

「お父っつぁん、もう、寝みましょう。皆さんもこれで……」

その言葉に合わせたように、

「床ならば、もう、のべさせていただきました。いつでもお寝みになれます」

女中頭の富がそう言った。

（九）

「あたしが耳にしたのは、そのくらいまでで――」

人形を、ありた屋に潜り込ませて耳にしたことを、土平はあらかた答え終えていた。

土平は、大きな手で自分の膝頭を包むように握っている。

道々に、遊斎が耳にした話よりは、内容が細かくなっていた。

「その後、もう、声も聞こえなくなったんで、人形を呼びもどしたんでさ」

そして、人形町の遊斎のところへ向かっている最中に、あの奇怪な人のような犬のようなもの、に襲われたのだという。

「なるほど……」

蠟燭の灯りを眸に宿しながら、遊斎はうなずいた。

その頬にも、炎の色が揺れている。

「気になることはいくつかありますが、その前に、もう少し、聞いておきたいことがあります――」

「何です？」

「近所で、ありた屋については、多少は聞き込んだことがあるのではありませんか」

「もちろんでさ」

土平はうなずく。

「言われなくても、それをこれからお話しするつもりだったんで――」

「では、続けて下さい」

「たいした話じゃねえんですが、念のためにお伝えしておくと、死んだお内儀のお妙さんと、進三郎の嫁のお咲、実はあまりうまくはいってなかったみたいで……」

「ほう……」

「しかし、仲がよくないと言ったって、嫁と姑《しゅうとめ》ですからね。世間によくある話でさあ――」

「それで?」

「嫁のお咲、これがたいそうな美人で、もとはと言やあ、品川の薬問屋、辰巳屋《たつみや》の娘です。親どうしが決めたっていうよりは、お咲の方が進三郎に夢中になって、辰巳屋さんの方から話があってまとまった話のようですよ」

「ふうん……」

「その持参金が、三百両」

言って、土平が遊斎の顔を覗き込む。

「いい金額じゃありませんか」

「でしょう」

土平が、ここで、右手で自分の右膝を叩いた。

「しかし、近所ってなあ、おっかねえもんですね」

「何がおっかないのですか」

「なんだかんだ言って、近所の人間がありた屋の事情をよく知ってるってことで。そのありた屋ですがね、羽振《はぶ》りがいいように見えて、実はどうも、あちこちから金を借りてたみてえで――」

「金を？」

「ええ。お咲のもってきたその持参金で、その金を返したってえ、もっぱらの噂ですよ。で、おっかねえのはここからで――」

「続けて下さい」

「進三郎ですが、お咲と一緒になる前に、しっぽりとやっていた女が、どこかにいたみてえなんで――」

「誰だかわかってるのですか」

「名はお夏《なつ》っていうらしいと、そこまではなんとかたどりついたんですが、どこのどういう女かってえのがまだ――しかし、半日じゃあ、そこまでくらいしかわかりませんよ。いずれにしたって、これで、お妙さんを恨《うら》んでいた女がふたりいたってえことになります」

「お咲と、進三郎としっぽりやっていた女、ですか――」

「そうです。お咲の方は、姑のお妙さんとうまくいってなかったわけですし、進三郎がつきあっていた女にしてみりゃあ、無理やり金のために別れさせられたも同じだ。この婚儀についちゃあ、亭主の仁左衛門よりも、お内儀のお妙さんの方ががんばってたってえことのようですから、その女――つまりお夏が、お妙さんを恨んでたってえのは、あると思いますよ」

「あったかなかったか、ということでは、あったんでしょうね」

「だからと言って、すぐに、このどちらかが下手人と言ってるわけではありませんがね」

「もちろんです」

「あたしの分は、これで全部です。で、今度は遊斎先生の番ですよ。さっきの、気になることがいくつかあるって言ってましたが、それは何です。あたしだって、そう思ってるところは、いくつかありますしね――」

「何です」

「そりゃあ、ずるいや。今度は、先生の方から、何か言ってもらいてえ――」

「わかりました」

遊斎はうなずき、

「まずは、赤い櫛ですね」

「櫛?」

「それが、しばらく見つからなくて、見つかって髪に挿していたら、あの事件があったということでしょう」

「確かに――」

「もうひとつあります」

「何ですか?」

「仁左衛門が、口にしていた、とらまる、ですね」

遊斎は、赤い唇から、そっと、その言葉を吐き出した。

「櫛とらまる?」

土平が訊ねる。

「團十郎《だんじゅうろう》ですね」

「團十郎って、あの……」

「市川《いちかわ》團十郎――『雷神不動北山桜《なるかみふどうきたやまざくら》』の〝毛抜《けぬき》〟は観たことはありませんか――」

「團十郎の粂寺弾正《くめでらだんじょう》でしょう。もちろん観てまさあ。小野春道《おののはるみち》の娘錦《にしき》の前《まえ》の髪が立つ話だ――」

「逆髪の姫ですね」

「そうです。この謎を粂弾正が解《と》く狂言でさあ――」

こういう話だ。

小野春道は、あの小野小町《こまち》の子孫で、錦の前と呼ばれる美しい娘がいる。

この娘が天下の奇病にかかっている。髪の毛が逆立つという奇病である。

この奇病を解決するのが、粂寺弾正である。

弾正は、自分が使おうとした鉄製の毛抜きが持ちあがるのを見て、天井《てんじょう》裏に隠れた何者かが、磁石を使って、錦の前の髪の毛を逆立てていたのだということに気づく。

錦の前が、髪に挿していた髪飾りが、実は銀製ではなく鉄製で、この髪飾りを、忍び込んだ者が天井から磁石を使って持ちあげていたのである。磁石によって、髪飾りが持ちあげられると、髪飾りと一緒に髪の毛も持ちあがっていたという理屈の狂言である。

　この弾正を演《や》って当てたのが、市川團十郎であった。

「あれは、髪が逆立ってたのは、鉄の髪飾りが原因で……」

　土平が言う。

「お妙さんの髪が立っていたのは、赤い櫛が原因だったとしたら？」

「櫛のせいで、お妙さんが!?」

「だったとしたらと、言っただけです。まだ、わかりません」

「わからねえってんなら、もったいぶらなくたって――」

「もったいぶっているわけではありません。気になったということです」

　遊斎が、あっさりと言う。

「なら、とらまるってのは？」

「犬ですね」

「犬？」

「ありた屋で飼われていた犬の名前ですよ――」

「なんで、そんなことを知ってるんです？」

「耳にしたことはありませんか。一年半ほど前、ありた屋さんに盗みに入ったどろぼうを、とらまるが嚙みついて追い返したって話。評判になりましたけどねえ――」

「ああ、そんなことがありましたっけ。その話なら、知ってまさあ。ただ、その犬の名前までは

「……」

「気になるでしょう?」

女が、男に気をもたせるような遊斎のその口調が、妙に艶めかしい。

「だから、何がです?」

「葬儀の晩に、仁左衛門が、死んだお妙さんの名前を言う時に、犬のことを口にしたわけですからね」

「そりゃあ、そうだ」

「でしょう」

「いったい、どういうわけで——」

「今夜出合った、あの奇妙なやつがいたでしょう」

「あの、暗火魂を放った、あいつですね」

「犬に、見えませんでしたか?」

「確かに——」

土平は、大きな肩の上から、へこりと首を前に落とすようにしてうなずいた。

「明日、さぐってみるとするなら、そのあたりからということでしょうね……」

遊斎は、笑《え》みを含んだ赤い唇から、ほのかに紅色に染まっているような言葉を、ほろりと吐き出した。

（十）

「てえへんなことになりましたぜ」

鯰長屋にある遊斎宅の入口の戸を開けるなり、そう言ったのは土平であった。

まだ昼前だ。

小網町のありた屋の一件で、朝からあちこち嗅《か》ぎまわって、顔を出すのは昼過ぎになるはずであった。

予定よりだいぶ早い。

「どうしました？」

遊斎は、文机の上に、巨大な本を広げてそれに眼を通しているところであった。

和蘭陀《おらんだ》から渡ってきたヨハネス・ヨンストンの『鳥獣虫魚図譜』である。

開いているのは、ダラカ——つまり龍《りゅう》の項で、そこには翼を広げた龍、ドラゴンの図が描かれている。

平賀源内が所有する本を、このひと月ほど、遊斎が借りて読んでいるのである。

十日ほど前には、

「土平、ごらんなさい。わが家にあるこの頭骨は、どうやら一角獣《ユニコオン》という獣のもののようですね」

そんなことを言って、土平にその図を見せたことがある。

馬に似た獣の額から、角が一本出ている図で、ちょうど遊斎の家の奥の壁にぶら下がっている角のある獣の頭骨が、それにあたるのだろうと、遊斎は言っているのであった。

今も、遊斎は、夢中になって、そのヨンストンの本を読みふけっていたらしい。

遊斎の、のんびりした様子に、あてがはずれたように、

「ありた屋の進三郎が、昨夜、亡くなったんですよう」

言いながらあがってきた。

「進三郎と言えば、ありた屋仁左衛門の——」

「息子ですよう」

土平は、膝と太股のあたりを、手でぴしゃりぴしゃりと叩《たた》いて、洋風のギヤマン製の燈《ランプ》と、古そうな巻子を脇へのけて、空いたところに胡座をかいた。

「いったい何があったのです？」

遊斎は、文机の上のヨンストンを閉じ、土平に向きなおった。

昨夜は、まだ、進三郎は生きていた。

土平もそう報告している。

土平の話では、葬儀の後、主だった者たちと話をして、その後、眠ったのではなかったか。

「何があったか、あたしにだってわかりませんや。今朝、お咲が眼を覚ましたら、横で眠っていたはずの進三郎が、死んでたっていうんですよう」

「殺された？」

「干からびてね、魚の干ものみてえになって死んでたっていうんですよ」

「干からびて、というと、昨夜、犬が暗火魂で死にましたが、あんな風に？」

「あたしは、進三郎の死体を見たわけじゃねえから、はっきりとは言えませんが、そうだと思いますね」

「何ものかが、暗火魂を使った？」

「あの、人犬《ひといぬ》でしょう」

「おそらく」

「間違《まちげ》えねえですよ」

と、土平は腕をくみ、

「まあ、そんなわけで、今、ありた屋は、てんやわんやのありさまでさあ」

吐き捨てるように言い終えた、その唇が嬉しそうに嗤っている。

「他《よそ》で、こういう話の時に、そういう顔は慎んで下さいね、土平――」

「承知してますよう、もちろん」

「で、まだ、話が残ってるって顔ですね、それは――」

「ええ。ありた屋がそんなだったんで、まずそれは話しておかなけりゃあと思って、ここまですっ飛んできたんですが、ありた屋へ行く前に、多少、聞き込んできた話がありましてね――」

「はい」

「昨日の話の後、上野《うえの》の方で、妙な犬の死体が見つかったって話を思い出しましてね、まず、最初に、そっちの方を調べに、上野まで足を運んでたんですよ」

「妙な犬の死体？」

「首無しの犬の死体ですよう。それが、ちょうど、首まで地面に埋められていたって——」

「首まで？」

「そうです」

「あやしいですね」

「でしょう」

「で、どうだったんです？」

「それを、これからお話ししようと思ってるんですがね」

土平は、赤い、大きな舌で、唇のまわりをひと舐《な》めして、それから話しはじめたのであった。

（十二）

不忍池《しのばずのいけ》の東に、黒塀《くろべい》に囲まれた屋敷があった。

十年ほど前までは、そこそこの家柄の武家が、ひそかに女を囲っていた屋敷であったらしいが、女が死んでからは、住む者がなかった。

空いたままになっているのかと思っていたのだが、どうやら五年ほど前から、誰かが住みはじめたらしい。いつも人の気配があるというわけではないのだが、時おり、家から竈《かまど》のものと思える煙があがっているのも見えるし、人が出入りしているのを見た者もいる。

その出入りする人間の中には、時おり女の姿も見える。

しかし、どこの誰かというのがわからないのは、出入りする者が、笠や頭巾などで顔を隠しているからである。

このところ、夜に、犬の吠える声が、黒塀の内から聴こえてきたと言う者もいる。

ある晩、ひときわ大きな犬の吠える声が聴こえ、その後、人の争うような声も聴こえたという。

これは、何かあったかと、翌朝、近所の者が門のあたりを眺《なが》めてみれば、横のくぐり戸が開いている。

他人の家ではあるが、好奇心もあって、近所の者数人が、

「失礼します」

「どなたかおいでになりますか」

声をかけながら、おそるおそる中へ入っていった。

さすがに、家の中へあがるような不作法はしなかったものの、母屋《おもや》に沿って、庭を一周した。

その時、裏庭で見つかったものがあった。

最初に、それを見た者は、何だかよくわからなかったという。

地面が、黒っぽいもので濡れていて、そこに、赤いものが見えている。

そして、濃い血の臭《にお》い。

よくよく見たら、赤いものは、犬の首の切り口で、白い骨までが見えていたという。

掘りかえしてから、それが犬の死体であるとやっとわかったのだが、近くに鉞《まさかり》が落ちていて、その刃が血で濡れていたところを見ると、誰かが、犬を首まで地面に埋めて、その後に鉞で首を切ったものらしい。

いったい、何の目的で、誰がこのようなことをしたのか。

その犬の死体を、何人かが見物に来たのだが、そのうちのひとりが、

「この犬は、ありた屋さんとこの、とらまるだろう」

そんなことを言い出した。

大きな、黒毛の犬で、腰のあたりに、二本、白い筋が入っている。その筋が、虎の縞模様に似ているというので、とらまるという名前がついたものらしい。

そういう犬など、どこにもいるというものではない。

そこで、ありた屋に人をやってみたら、半月以上も前に、とらまるがいなくなって、みんなで捜していたところだという。

ありた屋の者がやってきて、犬の死体を確認したら、とらまるにまちがいないという。

それで、その犬——とらまるの死体は、ありた屋がひきとったというのである。

（十二）

「それだけのことなんですが、ありた屋に行く前、上野で聞き込んできたんですよ」

　土平は、言った。

「おもしろそうですね」

「でしょう」

「で、その、とらまるの首は？」

　遊斎が、確認するような口調で訊く。

「それが、見つからなかったんですよ。首を切った者が、持っていったってことじゃねえんですか」

「でしょうかねえ」

　首を傾け、しばらく何か思案していたようであったが、

「決めました」

　そう言って、遊斎は立ちあがった。

「何を決めたんです」

「自分で足を運ぶことにしました」

「上野へ？」

「違います」

遊斎は、壁にたてかけてあった杖に手を伸ばしながら言った。

「ありた屋ですかい」

「いいえ」

首を回して、土平を見、

「神田白壁町《かんだしらかべちょう》の、平賀源内先生のところです――」

遊斎は言った。

（十三）

平賀源内――

讃岐国《さぬきのくに》は志度浦《しどうら》に生まれた。

父は白石茂左衛門《しろいしもざえもん》、高松《たかまつ》藩の足軽身分の家の三男であった。

二十五歳の時に長崎《ながさき》へ遊学して、蘭学《らんがく》に目覚め、その四年後には江戸へ出ている。

居場所は転々としたが、遊斎が訪ねた時には、神田白壁町に住んでいた。

家は裏店《うらだな》で、さほど広くはない。

路地の奥にあって、かたちばかりの木塀があるものの、庭も広いわけではなかった。

ただ、人がよく集まる家であった。

杉田玄白《すぎたげんぱく》、前野良沢《まえのりょうたく》などの蘭学好みの医師や、鈴木春信などの今をときめく浮世絵師などが、たいした用事もないのに、出入りしては、源内宅で酒を飲んだり、絵暦《えごよみ》を作ったり、句会を開いたり、儲《もう》け話をしたりする。

たまに顔を出すだけではあったが、遊斎もそういった人間のひとりであった。

通いの使用人がふたりいるが、いずれも男であり、女っ気はない。

遊斎が訪《おとな》うと、源内が、元気そうな足音と共に入口まで出てきた。

「おう、遊斎先生、久しぶりだねえ」

源内は、黒い小袖《こそで》を肩までまくりあげている。

齢のころなら、四十代の半ばになったかどうか——

髪は本多髷《ほんだまげ》に結《ゆ》いあげているが、月代《さかやき》は剃《そ》っていない。

遊斎は、杖を右手に握り、左手には風呂敷包みを抱えている。

源内の仕事場に通された。

小さな庭に面した部屋で、遊斎の部屋と同様に、乱雑にものがとっちらかっている。

ただ、とっちらかっているものの種類が、遊斎の部屋とはやや違っている。

鋏《はさみ》や、鑿《ノミ》、大小の針、箱やギヤマンの瓶《ビン》に入った蜥蜴《トカゲ》、植物の標本、玻璃でできた連通管《れんつうかん》。本が多いが、その中に蘭書が多く混ざっている。

鋏や鑿、大小の針は、いずれも鍛冶屋《かじや》に特注で作らせたものとわかる。

十二畳の部屋の畳をみんなひっぺがして、木の床にして、そこに、大きな座机が置かれてい

て、その上には絵筆やら、紙やら硯《すずり》やらの他に、水の入った玻璃の鉢《はち》が置かれていて、その中で金魚が泳いでいる。

座机を挟んで、遊斎と源内は、こちらと向こうに座して、向きあった。

「ついさっきまで、春信のやつがいやがったんだが、絵のことで、何か急に思いついたことがあるってんで、いそいそと帰っちまったばっかりなんだよ」

源内は、下がってきた左袖を、また肩までたくしあげながら、そう言った。

「ところで、何でえ、急に?」

「これをお返しにあがったんですよ」

遊斎は、膝の上に載せていた風呂敷包みを机の上に置いて、軽く源内の方へ押しやった。

「これ?」

言いながら、源内が包みを解く。

「ヨンストンですよ」

源内が解いた包みの中から、ヨハネス・ヨンストンの『鳥獣虫魚図譜』が出てきた。

「興味深い本でした。このヨンストンのおかげで、わたしのところにある頭骨が、どうやらユニコオンという動物のものらしいということがわかりましたよ」

「そいつはよかった」

「源内先生は何を? 何かのお邪魔をしたのでなければよいのですが——」

「こいつをなおしてたのさ」

源内は、机の端に置いてあったものを取りあげて、遊斎にそれを手渡した。

長さ一尺余りの板に、玻璃の棒が取りつけてあって、その横に目もりが刻まれている。

玻璃の棒の中には、赤い液体が入っている。

「これは、寒熱昇降器《かんねつしょうこうき》——」

「さすがによく知ってるねえ。タルモメイトルだよう」

寒熱昇降器も、タルモメイトルも、今日言うところの寒暖計である。

「これは、源内先生がお作りになられたものですね」

「そうだよう。ちょいと前に作ったんだが、寒熱に対して反応が鈍いんで、玻璃の中の透き間をもっと小さくしてやったのさ。それでわかり易くなった……」

「なるほど——」

「暑いの、寒いのと言ったって、そりゃあ人それぞれだ。しかし、こいつがあれば、気分じゃあなく、きちんとその日の寒暖がわかる。これを毎日、何年も記録しておきゃあ、米だの大根だのを育てる時の目安になるだろう——」

「たいへんなお仕事です」

遊斎が、寒熱昇降器を源内の手にもどすと、

「あんたに褒《ほ》められると、妙に照れるねえ」

源内は、それを左手で受け取りながら、右手の人差し指で、鼻の頭を掻いた。

「で、何だい。そりゃあまだ、何か話があるってえ面《つら》だぜ」

「はい」

遊斎はうなずいた。

「ヨンストンは口実で、今日は、お訊ねしたいことがあって、うかがいました」

「何だい」

「犬です」

「犬？」

「ええ。犬の鼻について――」

「犬の鼻？」

「犬は、鼻がいいとは、誰もが承知していることですが、いったい、どれだけいいのかと思って――」

「タルモメイトルだな」

「はい」

「気分じゃあなくて、犬の鼻がどれだけいいのかってえのを知りてえってわけだ」

「そうです。源内先生なら、御存知と思いまして――」

「それなら、実験したことがあるぜ」

「本当ですか」

「まず、磁器の皿の上に、焼いた鰯《いわし》を載せて、喰う」

「はい」

「皿は、鰯の油とはらわたで汚れるわな」

「はい」

「これを、井戸から汲《く》んだ水を掛けて、洗うのさ。このくらいの桶《おけ》に一杯ずつ、そのたんびに水を取りかえて、皿を拭《ふ》く布も新しくして、何度も何度も――」

「はい」

「その一回ずつ、犬に臭いを嗅がせて、鰯を喰った皿と、そうでない皿を嗅ぎわけることができるかどうか――」

「はい」

「で、これを何度繰り返したら、犬が嗅ぎわけることができなくなるか?」

源内は、いたずら小僧の顔つきになって、楽しげに眼を光らせ、遊斎にそう問うてきた。

「さあ、わかりません」

「二百八十七回」

源内は、きっぱりと言った。

「二百八十七回目で、犬は、嗅ぎわけられなくなった?」

「そうじゃあねえんだよ。二百八十七回やって、おいらの方があきらめたんだよ」

「というと?」

「犬のやつ、二百八十七回やっても、まだ、やすやすと皿を嗅ぎわけるんでね。ついに、根負けしたんだよ。この分じゃあ、千回やったって、嗅ぎわけるだろうって思ったよ。おいらも、そこまで暇《ひま》じゃあない」

そう言って、源内は、声をあげて笑った。

「だろうと思っていました」

「だったら、訊くねえ」

「すみません」

「で、まだあるんだろう」

「まだ？」

「おいらへの頼みごとだよう」

「お見通しでしたか」

「言ってみな」

「実は、源内先生のお顔の広いところを見込んで、手に入れていただきたいものがあるのです。必要になるかどうかは、まだわかりませんが、必要になった時に慌てずにすむようにしておきたいのです」

「なんだい」

「実は――」

そうして、遊斎は、その欲しいものを口にしたのである。

（十四）

土平が、遊斎のいる鯰長屋にやってきたのは、夕刻になる少し前であった。

でかい背を曲げて座った土平は、

「わかりましたぜ」

嬉しそうにそう言った。

その表情は、遊斎に褒めてもらいたくて、うずうずしている身体の大きな子供のようであった。

「上野の件ですね」

「そうです。あの屋敷ですが、やっぱりありた屋が、一枚嚙んでいるようですぜ」

「どういうことです？」

「まあ、順をおって、話をさせて下さいよ」

土平の言うのによれば、最初に出かけて行ったのは、あの犬の屍骸《しがい》の出た上野の家のもとの持ち主のところであったという。

「これが実は日本橋の呉服問屋、島屋《しまや》の持ちもので、その島屋が、さるお武家に貸してたってえわけで——」

「それで？」

「五年ほど、ほったらかしにしておいたのが、ちょうど五年ほど前に、貸してほしいと言ってきた奴がいたってえわけで――」

「それが、ありた屋？」

「いえ、まだ、ここじゃああありた屋の名前は出てきません」

島屋にやってきた人間は、名のらなかった。

わけあって名のれないが、相場の倍近い家賃を、毎年、一年分まとめて払うからというので承知をした。

よからぬことをたくらむ盗賊《とうぞく》の一味が、ひそかに集まる場所として利用するつもりかと思わぬでもなかったが、もしもそうならば、嘘でもきちんと名のって、相場の家賃を払うであろう。その方が怪しまれないからだ。わざわざ、相場よりも高い金を、しかも前金で一年分ずつ払うというのは、もちろん怪しいが、これは当然、名のある人間が、秘密に女と会う場所を確保するためであろうと思われた。

その方が自然である。

それで、承知をした。

金は、毎年、師走《しわす》の月に、きっちり一年分ずつ、同じ人間が払いにきた。

島屋にとっては、それで充分であった。

わざわざ詮索して、相手が出ていってしまうよりずっといい。

「で、それが、この間の犬の件まで、ずっと続いていたってえわけで――」

土平は言った。

「で、話を途中で横道にずらしてしまうようで、申しわけねえんですが、遊斎先生は、この犬の一件をどう見ます?」

「もちろん、誰かが、荒神の犬神を作ったということでしょう」

「あたしもそう思います」

「さむらい憑きが出たわけですからね」

遊斎が言った。

「しかし、今どき、お江戸の真ん中で、犬神法なんぞをやりますかね」

「でも、いたということでしょう」

犬神法——

これは、古来伝えられる、犬神を作る法のことである。

まず、一頭の犬を用意する。

この犬を、地面に埋めて、首だけを出す。

この時大事なのは、犬を埋める時、その背骨を、地面の中に垂直に立てるということだ。

そして、餌《エサ》を与えない。

最初の二~三日は、水ぐらいは与えるが、途中からは水すら与えなくなる。

ただし、犬の眼の前には、餌を置く。

たとえばそれは、皿に盛られた生の肉であったり、そして、水であったりする。

犬は、その生の肉が欲しくて吠えるが、肉は与えられず、水も与えられない。

舌が、ぎりぎり届かない眼の前だ。

三日目あたりから、犬は狂ったようになる。

咆《ほ》え、呻《うめ》き、歯を噛み鳴らして、涎《よだれ》を流して、唸る。

それが、五日目、六日目となると、痩《や》せて、眼だけがぎらぎらと光り、この世のものとは思えぬ、凄《すさ》まじい表情となる。

そして、七日目、八日目——

十日目になって、犬の目の前にあった肉を、先へ遠ざける。犬がひもじさに、狂ったように咆えているその最中、横から、鉞で、その首を斬って落とすのである。

その時、犬の首は宙を飛ぶ。宙を飛んで、すぐ先にある生の肉にかぶりつく。

時に、犬の首はしばらく動き、その肉を本当に喰うという。

そして、その犬の首を、式神として呪《しゅ》に使うのが、犬神法である。

その犬神法を、件の屋敷でやった者がいるのではないかと、遊斎は言うのである。

「それで使われたのが、ありた屋のとらまるだったということでしょう」

「ですね」

土平がうなずく。

「で、いったい、ありた屋の誰が、その上野の屋敷に出入りしてたかってえことなんですが、誰だと思います？」

土平が、嬉しそうに笑った。

「誰なのです?」

遊斎が訊く。

「ありた屋の源治郎ですよ」

土平が、遊斎の眼を、うかがうように覗き込む。

「進三郎の兄の?」

「そうです」

「しかし、源治郎は、三年前に亡くなったのではありませんか」

「ですから、死ぬ前、四年ほど前に、源治郎が、そこから出てくるのを見たってえ人間がいたんですよ」

「四年前?」

「浅草《あさくさ》の大工で、七五郎《しちごろう》ってのがいるんですが、その頃、件の屋敷の近くに、この七五郎が仕事で毎日出かけていたっていうんでさあ。いえね、近くに日本橋の山城屋さんの別宅があって、上野のその屋敷に離れを作るのに、人手が足りねえっていうんで、手伝いに行ってたっていうんですよ」

「で?」

遊斎が先をうながした。

「この七五郎が、日に二度、行きと帰りに件の屋敷の前を通ることになっていて、ある時、帰るのが遅くなることがあったと思って下さい。その時に、門の横の木戸を開けて、顔を伏せて出てきた男がいて、手ぬぐいで頬かむりしていたっていうんですが、この男が源治郎だったというんですね」

「確かに？」

「七五郎ですが、その一年前に、似たようなことでありた屋に十日ほど出入りしてたことがあって、その時に源治郎の顔は何度か見てる。間違えねえと思いますがね――」

「七五郎とは、どの線でつながったのですか――」

「七五郎を呼んだ大工の棟梁《とうりょう》で、文七《ぶんしち》ってのが上野にいるんですが、あのあたりの家屋敷は、だいたいこの文七が仕事をしておりましてね。何か知ってるんじゃねえかと聞き込みに行ったら、七五郎がそんなことを言っていたことを文七が思い出したんですよ。七五郎が、その時、誰かの名前を口にしてたってんですが、その名前を思い出せない。それで、本人の七五郎にあたってみたってわけで……」

「では、そこに女を囲っていたのは源治郎ということになりますか――」

「でしょう」

「ふうん……」

遊斎は、何か思うところがあるように、ちょっと首を傾けてみせた。

「ところで、間宮《まみや》さまの方からは、何も言っちゃあこねえんですか。進三郎が妙な死に方をしたんだ。間宮さまが、直《じき》じきに出ばることになるわけでしょう。そうなりゃあ、これまでのように内々にではなく、おおっぴらに、ありた屋に話を訊きに行けるんじゃないんですか――」

「なると思いますよ」

「てこたあ、間宮さまから――」

「話がありました」

「そんなら、これからはやりやすくなるってもんだ。さむらい憑きが出て、進三郎が妙な死に方をしたんだ。もう放っちゃあおけねえってことでしょう」

土平が口にした〝さむらい憑き〟というのは、隠語である。

さむらい憑き――つまりこれは〝武士憑き〟のことで、〝武士憑き〟は〝伏《ぶし》憑き〟ということになる。

〝伏〟

すなわち、

〝人犬〟

ということで、〝さむらい憑き〟というのは、ようするに「人犬の憑きもの」の意となる。

「あとは、島屋に金を払いに来てたってえのが、いったい誰なのかってえことですが、たぶん、ありた屋の誰かか、金で雇われた誰かでしょう。まさか、主人の仁左衛門や、番頭の嘉兵衛ってこたあねえでしょう。そんなら、面がわれてるでしょうからね。こっちの方もあたっておきます」

「もうひとつ、〝さむらい憑き〟の方ですが、犬神法、誰にでもできるというものではありません――」

「その通りで――」

「おそらく、陰陽師か、道士、呪《まじな》い師、坊主、拝み屋――その道に通じている者がかかわっているると見ていいでしょう」

「そいつが、ありた屋の誰かとつながってるってえことですね」

「はい」

「そういうことなら、こっちの専門だ。誰かにさがさせておきますよ」

ひと通りを言い終えたのか、土平はここで言葉を切った。

ひと息溜め息をついて、

「で、源内先生の方はどうだったんです」

土平が訊ねた。

「ひとつふたつ、頼みごとをしてきました。この件が仕事になるのなら、いずれ役にたつだろうと思って――」

「いったい何を頼んできたんです?」

「それが届いたら、わかります」

「もったいぶらねえで、教えて下さいよ。じれってえなあ」

土平は、大きな身体をもてあましているように、もじもじと肩を揺すった。

「ですから、届いたらわかります。届いたらね――」

遊斎は、そう言って、楽しそうに微笑したのであった。

(十五)

遊斎は、大川《おおかわ》の土手に胡座《こざ》している。

桜の樹の下だ。

夜——

遊斎の頭上に、満開の桜が被《かぶ》さっている。

天には歪《いび》つに欠けた月が懸《か》かっており、光る雲がゆるゆると動いている。

わずかな微風に、桜の花が散り続けている。

月光の中を、きらきらと光りながら、花びらが散ってゆく。

その花びらに和すように、透きとおった弦《いと》の音が響いている。

遊斎が、二胡を弾《ひ》いているのである。

異国《とつくに》の旋律であろうか。

弦の音は、ゆるやかに伸び、高くなり、薄い刃物の色を帯びて、低くなり、また高くなって、月光とたわむれているようであった。

その、月光と二胡の音《ね》がたわむれている間に、桜の花びらが散ってゆくのである。

二胡は、不思議な楽器だ。

単音の粒がなく、絹の糸のように、ひとつの音が変化しながら無限に途切れることなく続いてゆくのである。どこまでも細くなり、どこまでも、存在の隙《す》き間に入り、樹の中、石の中心にまで染《し》み込んでゆくようであった。

土手の上には、はこべらや野萱草《のかんぞう》、いぬのふぐりや、仏の座、菫《すみれ》——春の草がそこここに萌《も》え出している。

そういった、草や、花や、樹の幹の皮、茎《くき》の小さなうぶげ。

そして、虫、
そういうものの中にまで、二胡の音は染み込んでゆく。

土にも、枯れ葉にも、そして大川の水の流れにも染み込み、溶けあってひとつになってゆく。

遊斎は、二胡を、左の太股の付け根に当て、眼を閉じて弓を動かしている。

まるで、二胡の音と共に、遊斎の肉体から遊斎の肉がほどけ、この風景の中に拡散し、染み込んでゆくようであった。

その二胡の音が染み込んだものと、遊斎とが一体化する。

遊斎は、二胡を弾きながら、自身をこの風景の中に、溶け込ませてゆく。

それを続けてゆくと、二胡の音が染み込んだ草の中から、

「ふ」

と、何かがたちあがった。

二胡の音が染み込んだ石の中から、

「のっ」

と、気配だけのものが、外へ這い出てくるのである。

無数の花、無数の石、無数の草、無数の虫、そういうものの中から、何か、眼に見えぬものが、たちあらわれてくるようであった。

樹からも……

葉からも……

土からも……

そして、花びらからも……

その数、数百、数千、数十万、数億、数千億……

遊斎の奏《かな》でる二胡の音が届く限りの事物の中《うち》から、それをそのようなものたらしめているものが、這い出てくるのである。

たとえて言うなら、それは、石を石たらしめている気配のようなものである。

草を草たらしめている気配のようなものである。

花びらを花びらたらしめている気配のようなものである。

たとえば、水には水の気配がある。

たとえば、樹には樹の気配がある。

たとえば、草には草の気配がある。

その水らしさ。

樹らしさ。

草らしさ。

眼を閉じても闇の中から伝わってくる、そういう気配のようなものが、あらゆる事物から、ひそひそと抜け出してくるのである。

這い出し、抜け出して、それがひとつに溶けてゆくのである。

もとよりそれは、気配のことであり、さだかに眼に見えるものではない。

しかし、遊斎の唇に浮かぶ笑みを考えると、遊斎にはそれが見えているのかと思われる。

無数のそれは、それぞれが、細い金糸、銀糸のようであり、あるいは他の色の淡い光のようでもあった。

それらは、集まり、離れ、時には細く、太く、あるいは丸く、あるいはかたちをなさず、生きているもののように、その有様《ありよう》を変化させた。

まるで、遊斎の二胡の音に、それらが呼応しているようであった。

それらが、舞う。

鳴る。

響く。

淡い、発光する生き物の群のようだ。

その中心に、遊斎がいる。

その気配の乱舞の中に、異形《いぎょう》の気配があった。

黒いもの。

禍《まが》まがしいもの。

その気配に触れると首筋の毛が、知らぬ間に立ちあがってくるようなもの。

最初は、ちぎれた蜘蛛《くも》の糸のように、微かで、わずかであった。そこにあるかどうか、わからないくらい小さなもの。

その気配が、少しずつ大きくなってくるのである。

その禍まがしさが、少しずつ量を増してゆくのである。

その気配の主が、この闇のどこからか、ゆっくりと近づいてきている。

それが、わかる。

遊斎が、二胡を弾く手を止めた。

すると、これまで乱舞していたもの、集まっていたものが、その動きを止め、徐々《じょじょ》に離れはじめた。

気配の群が、ゆっくりと、自らが這い出てきた存在の事物の中へかえってゆく。

遊斎が、その顔を、右手へ向けた。

土手の上に、何かがいた。

それが、遊斎の方へ、顔を向けていた。

はじめて見るものではない。

あの、逆《さか》さになった顔。

腹を上に向け、四つん這いになった、犬のような、男根を尾のようにおっ立てたものが、月光の中に両手、両足で仰向けになって立っていた。

ぎろぎろと、その眼だまが動いた。

それは、口に何かを咥《くわ》えていた。

それが口を開くと、光る何かが土手の土の上に音をたてて落ちた。

じゃりゃっ……

じゃりじゃら……

小判であった。

かなりの枚数であった。

「わかああああったぞおおおう……」

それが言った。

それの口から、青い炎のようなものが、めろめろと燃え出てきた。

「おままあえ、にに人形ううちちょうのの遊ううさあいいいだだなあああ……」

「そうですが……」

遊斎がうなずく。

「ここのまええのば晩はあわかかかからなんだががが、今は、わかかかかるるる……」

「それが、何か？」

「おお、おまええええ、死しぬぞぞぞぞおおうう……」

「へえ……」

「こ、こここのことととにか、かかかわってててているるるるるると、し死ぬぞおおおお」

「死ぬのは困りますね」

「ここのおおことかららららてて手ををひいいけええええ……」

「手を引く？」

「ここれををを、おまあああえにやろおおううう……」

小判のことを言っているらしかった。

「いいいいかああ、つ伝えたたぞおおおお……」

そこで、それは背を向けた。

背を向けたまま、のたり、ほったりと歩き出した。

その姿が、だんだんと小さくなってゆく。

その後ろ姿に、桜の花びらが散る。

やがて、その姿が見えなくなった。

その姿が消えた後も、遊斎は、ずっと同じ方向を見つめていた。

月光の中で、花びらがしきりと散ってゆく。

遊斎の眼に映っているのは、その花びらの向こうの闇であった。

（十六）

神田明神《かんだみょうじん》の境内に、人だかりがあった。

四十人くらいが、集まっている。

境内に、一本の太い松が生えていて、その松の前に、ひとりの武士が立っているのである。

黒い小袖を着流しにして、赤い帯を締めた、細身の武士である。

眼が細い。

月代を剃っているわけでもなく、ざんばらの髪を、頭の後ろで無造作《むぞうさ》に結んでいるだけだ。

前髪が、細い眼にかかっていて、あたりを眺めるのに邪魔そうに見える。

「さあ、どなたか、どなたか……」

武士が声をかけている。

歳の頃なら、四十前後か。

松の枝から
「ひと振り十文」

そう書かれた木の札がぶら下がっている。

松の根元に、大きな石があって、その上に、酒が入っているらしい大きな徳利《とっくり》が置かれている。徳利の首の細くなったところに、紐が巻かれていて、その端が輪になって石の上まで垂れ下がっている。

武士の腰に差してあるのは、小刀が一本だけだ。

もう一本の、腰に差してあるはずの刀は、松の幹にたてかけられている。

「おお、そなた、なかなか腕がたちそうじゃ。どうかな、ひと振り——」

武士が、見物人のひとりに声をかける。

「この米粒を斬《き》ってゆかぬか」

武士が、自分の鼻の頭を指差した。

その武士の鼻の頭に、ちょん、とひと粒の白い飯粒がくっついている。

武士の両眸《りょうめ》が中央に寄って、自分の鼻の頭の、その白い飯粒を見た。

おかしな顔になる。

見物人たちが、どっと笑った。

「ささ、どうじゃ」

武士が、その見物人の手を取って引いた。

「い、いや、や、やめておこう」

その見物人は、どこかの店の、奉公人らしい。

何かの用事を済ませた帰りに、この人だかりを見つけて、輪の中に入ってきたらしい。

「さっきから、見ていたであろう。見ていたのなら、わかるはずじゃ。さっきの親父は、みごとにこの飯粒を斬っていったぞ」

「いや、わしには無理じゃ」

「なんの、無理なことなどあるものか。剣を、こう、上段に構えて上から斬り下げるだけじゃ」

話を聞いていると、武士は、自分の鼻の頭の飯粒を、松にたてかけてある刀で、斬ってゆけと言っているらしい。

それで、ひと振り、十文ということらしい。

「ささ、ささ」

武士は、その男の手を引いて、松のところまでひっぱってきてしまった。

「いや、無理じゃ」

男が、武士の手を振りほどこうとする。

そこへ——

「おれがやろう」

そう声がかかった。

見物人の中から姿を現わしたのは、ひと眼で、浪人とわかる風体《ふうてい》の男であった。

月代からは毛が生え、着ているものは汗臭い。

「おう、それはよかった」

武士が手をはなすと、奉公人らしい男は、ほっとしたように輪の中へもどっていった。

浪人は、武士の前に立って、

「ひと振り、十文、間違いないな」

そう言った。

「間違いござらぬ」

「しかし、それがし、腕に自信はあるものの、手元が狂う時もある。飯粒を斬るつもりでも、そなたを傷つけてしまうこともあるやもしれぬ」

「いやいや、あなたさまの腕であれば、そんなことは、ござりますまい」

「しかし、万が一じゃ。万が一、そなたを傷つけてしまったとしたら、何とする。そなたを傷つけてしまったということで、役人沙汰《さた》になるのも困る」

「もしもそうなっても、ここにいる皆が証人じゃ。仮に、もし、それがしが傷つくことあっても、いや、もしも死んでしまったとしても、あなたさまが罪に問われることはござらぬ」

武士が言う。

その口元に、楽しそうな笑みが浮いている。

「なれば、ひとつ、決めごとをしておこう」

浪人が言った。

「どのような?」

「それがし、そなたがやめてくれと言えば、いつでもやめよう。しかし、その場合には、百文、いただこうか――」

「百文?」

「いやか」

「いやではござりませぬ。それでよろしゅうござります。もしも、それがしが、やめてくれと申しあげましたれば、百文、さしあげましょう」

「では、決まりじゃ」

「はい」

武士がうなずく。

「しかし、刀じゃが、そなたの刀ではなく、それがしの腰のものを使いたいのじゃが、それでかまわぬか」

「もちろんかまいませぬ」

そう言った武士に向かって、

「それがし、畠山伝之進《はたけやまでんのしん》と申す」

浪人は言った。

「如月右近《きさらぎうこん》――」

武士は言った。

互いに、ここで名のりあったことになる。

「では――」

と、浪人――畠山伝之進が、すらりと腰から刀を抜いて、それを上段に構えた。

「おう……」

という声が、見物人たちの間からあがる。

「よいのか?」

伝之進が言えば、

「いつでも」

武士――如月右近は、涼しい声で答えた。

見物人たちの間から、再び、

「おう」

という声があがったのは、剣を上段に構えた伝之進の身体から、眼に見えぬ何かが、いきなり膨れあがったからであった。

伝之進の身体が、倍ほども大きくなったように思えた。

本気だ――

見物人たちの間に、そういう囁《ささや》き声が満ちた。

本当に斬る気だ。

その覚悟が見える。

構えたその姿が、本気に見える。

その身体に、気魂《きこん》が満ちている。

剣など学んだことのない見物人にも、そうとはっきりわかるほどの圧倒的な力が、伝之進の身体に張りつめている。

集まった見物人のうち、半数近くは、さっき起こったことを見ている。

武士──如月右近から渡された刀を手にした者が、遠い間合いから、へっぴり腰で、刃を振り下ろしたのだ。

侍を相手に、刀を構え、かたちだけでも斬りつける、というようなことは、町人であれば、まず一生のうちに一度もない。

この場ならば、それができる。

十文を捨てるつもりで、わざと刃が触れぬ距離で、刀を振った。

そうしたら、刀を振り下ろした瞬間、
すっ、
と、右近が前に出てきたのだ。

誰もが、

「あっ」

と、声をあげた。

斬られた!?

そう思った。

顔をそむける者もいた。

ところが──

右近の鼻の頭の飯粒は、みごとに真っぷたつになっていたのである。

その飯粒を、右近は剣を振った者に渡し、

「では、十文」

そう言って、その男から十文の銭を受けとったのである。

わざとやったのだ。

見ている者たちの何人かは、そう思った。

今、右近が、わざと前に出て間合いを合わせ、鼻先の飯粒を斬らせてやったのだ。

そうとしか考えられない。

しかし、そんなことのできる人間がいるのか。

偶然でない以上、それはこの右近が斬らせたと考える以外にない。

今、十文払った男に、それだけの技も器量もないのはわかっている。

この右近がやらせたのだ。

しかし、今、右近の前に立ったのは、素人ではない。

浪人であっても、武士は武士。

しかも、腕がたつと見えた。

なお言えば、浪人は、自ら名を告げている。

それにつられて、武士の方も、如月右近と自分の名を言わざるを得なくなった。

つまり、これは、名のりあったことにより、その瞬間から決闘になってしまったのである。

あるいは、決闘であるとの圧力を与えておいて、本気であるとの意を演出し、右近から、

「やめてくれ」

との言葉を引き出そうとしているのか。

しかし、右近は、やめてくれとは、まだ口にしていない。

ただ、微笑しながら、そこに立っている。

「しゃあっ！」

伝之進が、剣を斬り下げた。

半歩踏み込んでいる。

剣先が、右近の鼻先を上から下へ疾《はし》りぬける。

「ひいいっ」

と、見物人の何人かが悲鳴をあげた。

斬られた!?

そう見えたが、右近は一歩も動かない。

飯粒に、傷はない。

「惜しい」

右近が笑う。

伝之進は、わざと、剣をはずしている。

「けえいっ」

こんどは下から斬りあげる。

はずれた。

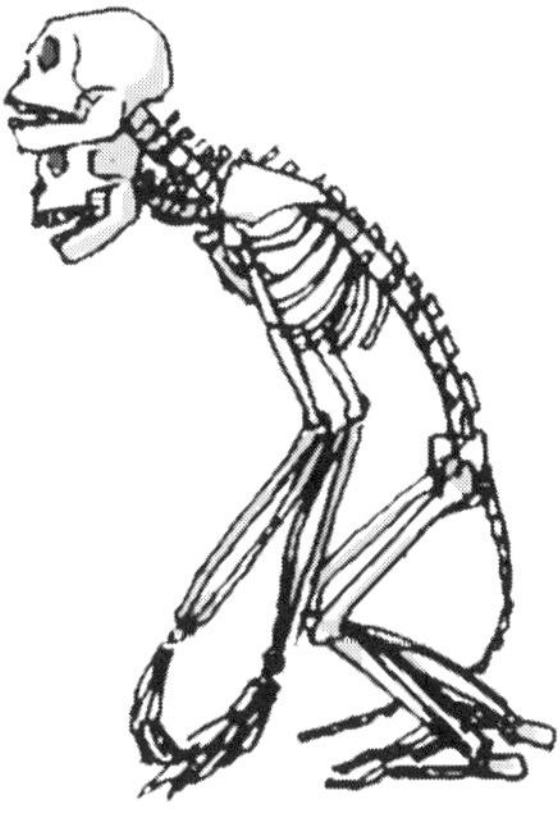

「二十文」

右近が言う。

「ちゃあっ」

「てえいっ」

次々に、剣が振られてゆく。

しかし、斬れない。

右近は、ぴくりとも動かない。

「三十文」

「五十文」

右近が口にする銭の額が増えてゆく。

うぬ!?

伝之進の唇が歪《ゆが》んだ。

「でえいっ!」

ひときわ大きな声があがった。

伝之進が、大きく踏み込んで斬り下げたからだ。

またもや、見物人が悲鳴をあげた。

剣が、右近の頭の真上から斬り下ろされてきたのだ。

その頭が、ふたつに割れた——

そう見えた時、初めて右近が動いた。

半歩退がったのだ。

その時、右近の着ている黒い小袖の裾が割れて、裏地が見えた。血のように鮮やかな、赤い色をしていた。

きいん！

という、高い金属音がした。

伝之進が斬り下げた剣の先が、折れて宙に飛んだ。

回転する刃が、陽の光の中で、きらきらと輝いた。

「おみごと！」

そう言ったのは、右近であった。

右近は、そこに立って、右手の人差し指で、自分の鼻の頭を差している。

そこにくっついている飯粒が、みごとにふたつに割れていた。

「わあっ」

という歓声が、見物人の間に湧きあがった。

もちろん、見物人のほとんどは、飯粒がふたつになっている様子までは見えないのだが、前列にいる何人かには、かろうじてそれが見えている。

〝おみごと〟

そう言った右近の様子と、前の見物人数人があげた声に、何が起こったのか、周囲の見物人たちも理解して、声をあげたのだ。

緊張してなりゆきを見守っていた見物人にとっては、絶妙の間をとって、右近が〝おみごと〟の声をあげたのである。

呼吸を止めていた彼らにとっては、溜めていた息を吐き出す絶好の機会であったのである。

伝之進は、右手に刀の柄を握って、呆然としてそこに突っ立っている。

自分が今、何をされたか、伝之進にはわかっていた。

本気で、斬りにいったのだ。

それまでは、遊んでやろうという気持ちであった。

右近に〝やめてくれ〟と言わせれば、それでよかったのだ。

が、第二手がかわされてからは、斬りにいった。

鼻の頭か、頰を傷つけてやるつもりであった。もしも、それが深手になってもしょうがない。

が――

その、三手、四手、五手がみなかわされてしまった。

これでは面目《めんぼく》がたたない。

殺す――

そういう覚悟をした。

右近の頭部を真っぷたつに割る。

そう肚《はら》をくって、斬り下げたのだ。

深く踏み込んだ。

右近が後ろに退がっても、額か鼻には刃が届く。

左右に逃げたのなら、いずれへ逃げても、どちらかの肩口に剣先が潜り込む——そういう攻撃をしたのである。

右近は、退がった。

しかし、退がりきれない。

剣先が、額を割る。

そう思った時、
きいん、という音がして、剣先が折れて飛んだのである。

何をされたか。

それはわかっている。

右近が、右手の指二本——人差し指と中指で、落ちてくる刃の横腹を叩いたのだ。

それで、剣先が折れて飛んだのである。

手の指で、落ちてくる刃を横から叩いて、折る、などということが、本当にできる人間がいるのであろうか。

いる。

何故なら、今、目の前にいる如月右近が、それをやってのけたからだ。

その漢《おとこ》は、細い眼をさらに細くして、笑いながら目の前に立っている。

ここで、剣を折られたなどと、もんくは言えない。
自分は、自分の剣を使っていいかと右近に自ら申し出たのである。
その剣が折られたのだ。
しかも、素手で——
剣を頭上で折り、ちょうどいい長さにして、鼻の頭の飯粒を斬らせたのだ。
神業《かみわざ》という言葉があるが、それ以上——神技《しんぎ》以上の技と言えた。
伝之進も、そこそこには腕がある。
あるだけに、如月右近のやってのけたことが、どれほどのことかわかる。
「それがしの負けじゃ」
それだけを言った。
あとは無言であった。
口を閉じたまま、折れた刀を鞘《さや》にもどした。
懐から巾着《きんちゃく》を取り出し、中から六十文を取り出し、それを黙ったまま石の上に置いた。
右近も、無言で六十文を取り、懐へおさめた。
礼も言わなければ、褒めもしない。
これはもらえませぬなあ——
むろん、そういう言葉も口にしなかった。
どういう言葉を口にするにしろ、畠山伝之進の自尊心を傷つけることになるからだ。

伝之進は、黙したまま右近に一礼して、その場を去った。

松の根元に、折れた剣の先がひとつ、転がっているだけだ。

伝之進は、それを拾うことなく、去ったのである。

伝之進の姿が見えなくなったところで、見物人たちが、再び声をあげはじめた。さすがに、伝之進がいるところでは、今、右近がやってのけたことへの感想を口にするのははばかられたのであろう。

「いや、凄い」

「今のは、如月さまが、わざと斬らせたのであろうな」

「そうに決まっているではないか」

そのようなざわめきの輪の中から、ふたりの人間が歩み出てきた。

ひとりは、白い道服の如きものを身に纏い、背に二胡を負って、右手に杖を持った人物であった。

髪の毛が白い。

遊斎であった。

もうひとりは、三十代半ばくらいであろうか。

縞物の上に笹竜胆《ささりんどう》の紋の入った黒い羽織を着た二本差し。

きれいに月代を剃った頭の上にのせた髷が短い。

眉が濃く、眸が大きい。

唇の両端が、そこに一本ずつ二本の楊枝《ようじ》でも咥えているかのように、ちょっと下がっている。

奇類《きるい》与力の間宮林太郎であった。

「おう、これは遊斎先生──」

右近は、遊斎に向かって小さく微笑してみせてから、

「間宮殿もおそろいで……」

黒い羽織を着ている人物──間宮林太郎にも声をかけた。

「あいかわらず、みごとなお腕まえですね」

遊斎が言った。

「いや、右近先生、このようなまねをせずとも、よいでありましょうに──」

間宮林太郎が言った。

「むろん銭が欲しいわけではない。しかし、いささか退屈でな……」

右近は言った。

「今日は、その退屈をどうにかしてさしあげられるのではと思い、やってきたのですが……」

林太郎が言う。

「おう、それはありがたい」

「その腕を拝借したいと思っているのです」

「だれを斬ればよいのだ」

ふいに、右近が声をひそめてそう言った。

「しっ」

と、遊斎が、右近の唇に右の人差し指の先をあてた。

声をひそめはしたが、近くにいる人間には聞かれるおそれがあるのは言うまでもない。

「用件は？」

右近が言う。

「ここでは、いささかまずい。場所をかえませんか、右近先生——」

林太郎が言うと、

「腹が減った」

右近は、右手を軽く腹にあてた。

何か食べながら、その用件というのを聞こう——

そういうことらしかった。

（十七）

床の間つきの、六畳の部屋であった。

そこで、右近が対面しているのは、遊斎と林太郎であった。

三人の前に、膳が置かれている。

その上に、漆塗りの重箱と猪口《ちょこ》が並んでいる。

重箱の中には飯が盛られていて、その上にたれにつけて焼かれた鰻《うなぎ》の蒲焼《かばや》きが載っている。

鰻は、今運ばれてきたばかりで、湯気があがっている。

膳とは別に、盆がひとつ、畳の上に置かれていて、そこに、燗《かん》のされた酒の入ったちろりが置かれている。

鱮《タナゴ》を甘からく煮たものを肴にして、三人で酒を飲んでいるところへ、鰻が運ばれてきたのである。

障子《しょうじ》窓を開ければ、すぐ下が神田川だ。

神田川沿いにあるうなぎ屋——森崎屋《もりさきや》の離れだ。

ここならば、他人に聴かれたくない話ができる。

床の間には、勢いのある筆で、天へ向かって這《は》いのぼってゆくような鰻の絵が描かれていて、そこに、

のたりくたりと
長く生きたし

と、短い讃がそえられている。

風来山人《ふうらいさんじん》という名がひとつだけ入っているところを見ると、自分の描いた絵に自分で讃をつけたものであろう。

風来山人——平賀源内の戯作者《げさくしゃ》としての名前であった。

「うなぎ屋を急かしちゃあいけねえと言うが、待った分だけうまそうじゃ」

右近が、重箱の中を覗き込みながら言う。

「源内先生が、十日に一度は通ってる店でしてね。三月に一度は、御相伴《ごしょうばん》させていただいているのです」

間宮林太郎が言う。

三人は、これまで、酒を飲みながら、ありた屋の話をしていたのである。

蒲焼きが出てくる前に、ありた屋のことについて、ひと通りのことは、話し終えていた。

「噂程度には、おれも御殿山でのことは小耳に挟んでいたんだが、その裏にこんな話があったとはな……」

右近が、杯を手に取って、中に入っていた酒を、ぐびりと飲んだ。

「で、おれに、何を斬らせたいんだい——」

右近が問う。

「おれに頼む以上は、相手はそれなりなんだろう?」

「人ではないものが、相手になるかもしれません——」

間宮林太郎が言った時には、右近は、もう箸を右手に持って、重箱の中に伸ばしていた。

「ほんとかね?」

右近は、箸を止めて、遊斎を見やった。

「はい」

遊斎は、白い顎を小さく引いてうなずいた。

「聴かせてくれ」

右近は、そう言って、箸で飯ごと鰻を取って、それを口の中に放り込んだ。

（十八）

間宮林太郎が、遊斎の住む鯰長屋にやってきたのは、昨日のことであった。

昼過ぎに顔を出した土平から、遊斎が、報告を受けている時である。

「色々ね、新しいことを聞き込んできましたぜ――」

土平は、長い脚を胡座に組んで、大きな左手で、軽く頬を叩いた。

講釈師《こうしゃくし》が、張り扇で釈台を叩くように、土平はそれで、しゃべりの間をとっているらしい。

何でしょう――

とは、声に出さずに、遊斎は眼で問うた。

「三年前に亡くなった、源治郎ですが、実は死んだありた屋のおかみ、お妙さんの子じゃあなかったんで――」

「それは、知りませんでしたね」

「でしょう」

嬉しそうに、土平がうなずく。

知らなかったという遊斎の言葉で、土平の口調に勢いがついた。

「ありた屋仁左衛門の、最初の女房であるおそのってえ女が、二十八年前の春に産んだのが、源治郎で――」

土平の左手が、ぴしゃりと自分の頬を打つ。

「まあ、源治郎を産んだこの年の十一月に、産後の肥立ちが悪かったようで、このおそのが亡くなって、死んだお妙さんてえのは、その二年後――つまり、二十六年前に仁左衛門が、後添《のちぞ》えとして一緒になった女なんでさ」

「で――」

「お妙さんが、仁左衛門と一緒になってから、二年後に産まれたのが、進三郎ってえわけで……」

源治郎と進三郎、ようするに腹違いだったってえことです――

このように、土平は言った。

源治郎は、三年前、二十六歳で亡くなっている。

この時、四歳違いの進三郎が二十二歳。

「それが、今回のことと何か……」

「それは、まだわからねえ。関係があるかもしれねえ、ないかもしれねえ。もう少しあたっちゃあ、みますがね」

「ふうん……」

遊斎が、何か思うことがあるのか、小首を傾《かし》げてみせてから、

「それで?」

土平に問う。

「もうひとつは、犬神法のほうで……」

「どうでした?」

「犬神法、こいつは、上方《かみがた》の方でやられる法で、この江戸で、それができる者っていうとそうはおりません」

「でしょうね」

「まず、眼の前にひとり——」

「眼の前? わたしですか——」

「まあ、先生のお名前をはずすわけにはいかんでしょう」

「わたしは、何もしてませんよ」

「もちろんでさあ——」

「まだ、他にも、いるでしょう」

「拝《おが》み屋《や》の多々羅陣外《たたらじんがい》」

玄徳寺《げんとくじ》の伝祥和尚《でんしょうおしょう》——

式王子を操る、鹿妻零明《かづまれいめい》——

三人の名前をあげてから、

「しかし、この多々羅陣外と伝祥和尚は、まず、これはやらんでしょう」

土平は言った。

「でしょうね。いずれも名前のあるお方ですから――」

「あやしいのは、鹿妻零明ですが、零明は、一年ちょっと前から、上方の方へ行ってるってえことで、江戸にゃあおりません。まあ、この三人は、はずしてもいいんじゃあないかと――」

「すると、他には……」

「播磨法師《はりまほうし》」

土平は、きっぱりとその名を口にした。

「やはり、その名が出ましたか」

「しかし、今、どこにいるのかわかりません。遊斎先生なら、ご存じじゃあねえかと――」

「さて、どこでしょう」

「あの人は、得体《えたい》が知れねえ。齢もわからねえ、名前もわからねえ。どこにいるんだかいねえんだか……」

「どこでしょうかねえ」

「あたしだって、その顔を拝んだのは、三度あるかどうか。口を利《き》いたのは一度きり。その面ァ見るのは、地獄へ続く井戸の蓋ア開けて、中を覗き込んだみてえで、それだけで、背中の毛がそそけ立っちまった……」

「わたしも、何度も会ったわけではありませんよ」

播磨法師——

わかっているのは、播磨の出であるというそれだけ。

土平の言うように、名もわからず、年齢もわからない。

ただ、えらい年寄りだということはわかっている。

肌が黒く、皺が深い。

顔がくしゃくしゃとしていて、揉んで捨てた紙のようであり、口と皺の区別がつかない。

しゃべるか笑うかしてはじめて、その口のありかが知れる。

その皺の中で、眼だけが、生《なま》ものいのようにぬれぬれと黄色く光っている。

生きながら、妖怪と化したようなものである。

「あたしは、あいつが、千年生きていたとしても、嘘だとは思いませんよ」

そう言って、土平にしては珍らしく、その巨体を、ぶるりと震わせた。

「あの方は、住む場所を持ちませんからねえ……」

遊斎がつぶやく。

「この方面は、もう少し、あたってみます。何か、出てくるかもしれねえ」

土平がそう言った時、戸をほとほとと叩く者があって、

「どうぞ」

と、遊斎が声をかけると、

「お邪魔いたしますよ」

という声と共に、戸が開いて、問宮林太郎が入ってきたのである。

「もう、土平さんもおそろいでしたか――」

そう言いながら、林太郎は、角の生えたされこうべ、積みあげられた書を脇へのけて畳の面を空けて、そこへ座した。

「もう、いらっしゃる頃だと思っていましたよ」

遊斎は言った。

「では、用件の方も、もう見当がおつきですか？」

「二日前に、近々ゆくと文をいただきました。ありた屋のお内儀と、進三郎が亡くなった件でしょう」

「いや、その通りです」

林太郎がうなずく。

眼鼻だちがくっきりとしていて、絵にしやすい顔だ。

座した背が、真面目そうに、まっすぐに伸びている。

「だいたいのところは、ご存じとあらば、話は早い。お妙と進三郎の死に方についても、おわかりということでしょう」

「あたしが、あの時、ちょうど御殿山に居合わせましたものですから、勝手に、少し動いておりました。今も、ちょうど、その話をしていたところで――」

土平が、ぴしゃり、と額を叩く。

「進三郎の死体を、二日前、見てまいりました――」

　林太郎が言う。

「どうでした？」

「いや、もう、ひからびて、人の身体がこんなになっちまうもんかと……」

　頭の中に浮かんだ映像を、振りはらうように、林太郎は首を振った。

「ひと目見て、これはもう、わたしたちのあつかうものではないと思いまして、こうして足を運んできたのです」

「ありた屋のお内儀が亡くなった時に、おいでになるかと思ったのですが、少し、遅うございましたね」

　遊斎が言う。

「そっちの方は、話だけで、死体の方は見ておりませんでしたので。ありた屋の方で、何か隠しごとでもあって、そんな話をでっちあげているのかと考える者もおりましたので……」

「でも、ちょうどよかった……」

「何がです？」

「いえね、あたしらが勝手に、ありた屋に行って、色々訊ねまわるわけにもいきませんからね――」

　土平が、また頬を叩く。

「しかし、間宮さんが出ばってきたということは、これで、お上の御用になる。ありた屋に足を運ぶことができるってえもんです――」

土平はそう言って、これまで、あったことを、おおまかに林太郎に語って聞かせた。

「なるほど、さむらい憑きということですか――」

林太郎は、話を聞き終え、そう言ってから、

「それならば、こたびの一件、遊斎先生にお出ましいただくということで、お願いいたします」

両膝に両手をのせて、頭を下げた。

「ならば、ちょうどいい。明日、一緒に出かけましょう」

遊斎が言う。

「どちらへ」

「如月右近先生のところです」

「右近先生ですか?」

「もしかしたら、ちょっと腕のたつお方がひとり、必要になるかもしれませんので……」

遊斎は、そう言って、静かに微笑したのであった。

(十九)

破《や》れ寺《でら》であった。

内藤新宿の北半里ほど行ったところに、畑が広がっていて、その東に低い丘のような森があ

る。

その森の中に、その破れ寺はあった。

二十年ほども前に、落雷による火事のため、本堂はきれいに焼け落ちてしまった。

以来、修理《しゅり》もされず、そのまま放ったらかしになって、住む者はない。

かたちばかりの山門も崩れ、扁額《へんがく》も焼け焦《こ》げていて、かつての寺の名もわからぬようになっている。

本堂の横に、半焼けの庫裏《くり》だけが残っていたのだが、屋根や壁の間から、雨風が入り込んで、柱は半分が倒れ、梁《はり》の半分は落ちるか傾くかしている。

壊れた屋根から適当に陽《ひ》が差し込み、草や花の種も入り込んでくるから、雨が当るあたりには、はこべらや仏の座、野萱草などの春の草が腐った床から伸びているのである。

それでも、雨の当らぬ場所もあるにはある。

その床の上に、ひとりの痩せ細った老人が、背を曲げて座している。

胡座して、見えるのか見えぬのかわからない、黄色く濁《にご》った眼を、ぼうっと遠くに向けている。

白髪ぼうぼうとして、顔は、皺に埋もれている。

眼球も、口も、その皺の間に沈んでいて、眼などは閉じれば場所もさだかでないのだが、きょろん、とした眼が、その皺の間から見えているのである。

ぼろぼろの、黒い道服のようなものを着ているのだが、そこから覗く手足は、枯れ枝の如く細い。

胡座した脛《すね》が見えている。この脛も、骨にわずかに皮が被さっているだけのようで、どこにも生気がない。

ただ、その眼だけが、別種の生き物のように、ぬれぬれと濡れて光っているのである。

年齢の見当がつかない。

その老人の右手前方、六尺ほど先の床に、穴があいている。

そこだけ、焼け落ちた屋根の穴から降ってくる雨で、床の板が腐って落ちているのである。

その穴の縁から、ひょこり、と顔を出したものがあった。

大きな、蟇蛙《ひきがえる》の頭部であった。

その蟇蛙の頭と目だまが、きろきろと動き、老人の方に向けられて止まった。

床の穴の縁に、蟇蛙の手が現われた。

もそり、
ごそり、
と動きながら、蟇蛙は床の上に這いあがってきた。

その蟇蛙、なんと、女のような赤い衣《きぬ》を身につけていた。

ちゃんと帯まで締めていて、しかも二本の足で立っている。

よく見れば、丈一尺ほどの、蟇蛙の人形であった。

しかし、人形を操る糸も棒も、身体のどこにもついていないというのに、どうして動くのか。

老人の視界に、その蟇蛙の姿が映っているのかどうか。

老人の視線は、ここではないどこか、虚空の彼方に向かって放たれている。

と——

老人の懐が、もこもこと動き出して、そこから、黒い生き物が這い出てきた。

大きな田鼠《たねずみ》であった。

一匹、二匹、三匹——次々と田鼠は這い出てきて、老人の膝の上に這い下り、そこからさらに床に下りて、蟇蛙に向かって走り寄ってきた。

蟇蛙の前までやってくると、田鼠は二本足で立ちあがり、蟇蛙にぶつかっていった。

なんと、そこで、田鼠と蟇蛙は、四つに組んで相撲を取りはじめたのである。

一匹目の田鼠が投げとばされ、
ぢゅっ、
という鳴き声をあげた。

すると、間を置かずに、次の田鼠が蟇蛙にぶつかっていった。

二匹目の田鼠も投げとばされて、声をあげた。

そして、三匹目の田鼠も投げとばされ、
ぢいっ、
声をあげた。

その時、ようやく、老人の眼が、ぎろん、と動いて蟇蛙を見た。

老人の右手がゆるゆると持ちあがり、その人差し指が、蟇蛙に向けられた。

老人の唇が、わずかに動いた。

その瞬間——

ことん、
と、蟇蛙の人形が、その場に倒れて動かなくなった。

老人の眼が、そのまま正面に向けられた。

ぎしり、
ぎしり、
と、腐りかけた床を踏んで、ふたりの人間が、そこに姿を現わした。

ひとりは、六尺に余る大男で、黄色く染めた木綿の袖なし羽織を着ていた。その黄色の上にさらに黒く虎縞の模様を染めている。

頭には浅黄木綿の頭巾をかぶっている。

背に、箱を背負った飴売りの土平であった。

その後ろに続いているのが、白い道服の如きものを身に纏い、その上に白い衣を羽織った男であった。

長く白い髪を束ねて、頭の後ろで、その根元近くを、赤い紐で結んでいる。

背に、二胡を負っている。

右手に杖を突いた、遊斎であった。

土平は、床に転がっている蟇蛙の人形を拾いあげ、

「こりゃあいけねえ、ただの木偶《でく》になっちまってる……」

そうつぶやいて、老人を見た。

「こりゃあ、あんた、また動けるようにするには、三日はかかるぜえ――」

老人は答えない。

土平を見て、

「ふん……」

小さく呼気を、鼻から洩らしただけであった。

土平の後ろから、遊斎が前に出てくると、

「お久しぶりでござります、播磨法師さま――」

そう言って、赤い唇に、白い花のような微笑を浮かべた。

遊斎から播磨法師と呼ばれた老人は、

「人形町の、遊斎か……」

ふつふつと、小さく泥の煮えるような声で言った。

「離魂船《りこんぶね》の一件以来でござりますね」

「何の用じゃ……」

「お訊ねしたきことがござりまして――」

「何じゃ?」

言いながら、播磨法師は、鼻をひくひくと動かした。

「匂うな……」

「酒の用意をしてまいりました」

「ならば、飲んでから、話を聞こうか……」

播磨法師は、赤い舌を出して、べろりべろりと、上下の唇を舐めた。

「用意を——」

遊斎が言うと、土平が背から箱を下ろして、蓋を開け、中から一升ほども入りそうな瓶子《へいし》と、杯を三つ取り出して、播磨法師の前の床の上に置いた。

遊斎と土平が、置かれた瓶子と杯をはさんで、床の上に座す。

土平が、三つの杯に、酒を注ぎ入れる。

酒の匂いが、ぷうんとあたりに満ちた。

遊斎が、懐から、白い、丸いものを取り出し、

「卵にござります」

播磨法師の杯の横に、その白い丸いものを置いた。

鶏の卵であった。

「おう……」

播磨法師は、ころんと転がりかけた卵を右手で掴み、

「気が利くではないか」

皺を上下ふたつに割って、赤い口を大きく開き、卵をそのまま口の中に入れた。

播磨法師の喉仏が、上下に大きく動く。

どうやら、播磨法師は、卵を割らずに蛇《へび》のように丸ごと呑み込んでしまったらしい。

蛇ならば、喉のあたりで、卵が割れるのだが、卵は、割れぬまま、播磨法師の腹におさまってしまったらしい。

「馳走《ちそう》になる……」

播磨法師は、酒の入った杯に右手を伸ばし、それを持ちあげて、
すぶり、
すぶり、
と、ふた口で干した。

空になった杯に、また、土平が酒を注ぐ。

それをまた、播磨法師はふた口で干してしまった。

三杯干して、四杯目から、遊斎と土平がようやく杯を手にした。

五杯目を口に運ぶ前、

「用件は何じゃ……」

ようやく、播磨法師が言った。

「近ごろ、江戸を騒がしているできごとについては、お耳に届いてはおりませぬか」

遊斎が言った。

「はて？」

播磨法師が、首を傾けた。

「さむらい憑きが出ました――」

「ほう……」

「これについて、何か、お心あたりはござりませぬか」

「何のことかな」

「誰か、犬神法をやった者がおります」

「犬神法とな」

「上野の屋敷で、首のない犬の屍体《したい》が、首まで地面に埋められて、見つかりました……」

「――」

「これは、播磨法師どの、あなたさまがおやりになったものではござりませぬか」

「おれは、やってはおらぬ……」

「あなたさまでなくてもよいのです、誰かに犬神法のことを教えたりはいたしませんでしたか」

「……」

ここで、播磨法師は沈黙し、宙で止めていた杯をゆるゆると動かして、中の酒を干した。

杯を床に置き、

「教えたことなら、ある――」

播磨法師は言った。

「誰に？」

遊斎が問うた。

「言えぬな」

播磨法師は、唇を閉じた。

すると、その唇は皺の間に隠れて、どこが皺やら口やら、わからなくなった。

「播磨法師どの……」

口を開いたのは、土平であった。

「この件では、すでに、ふたりの人死にが出ております。このあたしも、遊斎の旦那も、人犬に襲われて、危ねえところでござりました——」

「危ない？」

ぎろり、と、播磨法師が、黄色い目玉を動かして土平を見た。

「この遊斎が、さむらい憑きにやられるタマかよ……」

視線を次に遊斎に向け、

「なあ」

そう言った。

遊斎は、どこか困ったような含みのある微笑を浮かべ、

「とりあえずは、このように生きておりますが……」

播磨法師に向かってうなずいてみせた。

「酒を馳走になっておきながら、何も言えぬというのもすまぬが、それ故《ゆえ》、教えたとは言うた。誰に教えたかは言えぬ。それが、我が矜持《きょうじ》ぞ——」

「はい」

「この件で、人が何人死のうが生きようが、おれの知らぬところじゃ。おれが、この法を教えなかったところで、いずれ、別の誰かが知恵をさずけて同じ数の死人は出よう。人の怨《うら》みのことまでは、おれは面倒は見きれぬ故、な——」

「——」

「そういう輩《やから》は、犬神法を教えられずとも、いずれは刃物を使うことになるであろうさ。刃物をこの世から失くせるか。刃物がないなら、毒薬でも使うかよ。人の世とは、そういうものじゃ。人のことに関わるな、遊斎……」

言われて、遊斎は、まだ困ったような微笑を浮かべている。

「我らは、人外のものぞ。もののけと同類じゃ。人の世では、息をひそめ、闇の中に寝起きして、その闇から出ようとなぞするものではない……」

ふう……

と、小さく遊斎は溜め息をつく。

「去《い》ね……」

そうつぶやいて、播磨法師は眼を閉じた。

すると、皺の中に埋もれ、眼の在《あ》りかもわからなくなった。

静かな寝息が聞こえてきた。
何か言おうとする土平を、遊斎が手で制して、静かに首を左右に振った。
遊斎と土平が、ゆっくりと立ちあがった。
みしり、
みしり、
という、床を踏むふたりの足音が遠くなり、やがて、何も聴こえなくなった。

（二十）

いつの間にか、暗くなっていた。
その闇の中で、まだ播磨法師は眠っている。
遊斎たちが去った後と、ほとんど姿勢が変っていない。
夜になって、温度が下がっている。
寒いはずなのだが、播磨法師は身じろぎもしない。
脛をむき出しにしたままだ。
どれほどの時が過ぎたか——
かっ、
と、播磨法師が黄色い眼を開いた。

二間半ほど先の空間に、青い火の玉が三つ、浮いていたのである。
ゆらり、ゆらりと、風に揺れる炎のように、その火の玉が動いている。
皺が、きゅうっと動いて、その皺の割れ目から茶色い歯が覗いた。
口の左端を吊りあげて、笑《え》みを浮かべたのである。
「やめとけ、おれに関わるな……」
播磨法師は言った。
誰に向かって声をかけたのか。
何ものかが、闇の奥に潜んでいる——播磨法師はそれをわかっているらしい。
その火の玉は、上下、左右にゆるゆると揺れている。
と——
ふいに、その火の玉が動いた。
播磨法師に向かって、三つの火の玉が、飛んできたのである。
飛んできた火の玉のひとつを、播磨法師は、左手で受けた。
火の玉の前に、左掌を向けて、飛んでくるのを防いだのである。
播磨法師の左掌の二寸先で、火の玉は止まっていた。
もうひとつの火の玉を、播磨法師は同様に右掌で受けていた。
三つ目の火の玉は、斜め上から襲ってきた。
その火の玉に向かって、播磨法師は、

「ふっ」
と、息を吹きかけた。
その火の玉が、播磨法師の顔の、三寸手前で止まっていた。
「何の真似じゃ」
播磨法師が、闇に向かってつぶやく。
「喝《かつ》っ」
播磨法師が、鋭く声を発すると、
ぼっ、
ぼっ、
ぼっ、
と、音をたてて、三つの火の玉が消滅した。
「暗火魂、おれにはきかぬぞ……」
闇の奥からは、どういう物音も、声も、届いてこない。
しばらく、播磨法師は、闇の奥を睨んでいたが、やがて、
ほ、
と、小さく息を吐いた。
「去んだか……」
播磨法師は、低い声でつぶやいた。

さっきの笑みが、まだ、その口元にへばりついていた。

凄い笑みであった。

（二十二）

ありた屋の奥座敷だ。

そこに、遊斎と間宮林太郎は、並んで座している。

ふたりの左側が障子戸になっていて、庭の明りが映って、白く光っていた。

その奥座敷には、ありた屋の主だった者たちが集まっている。

まず、ありた屋の主人、仁左衛門。

番頭の嘉兵衛。

女中頭の富。

進三郎の妻の咲。

そして、若い女——小田原からやってきた進三郎の妹の光。

いずれも、疲れた顔をしているが、その中でも憔悴しきっているのは、主の仁左衛門であった。

それも、無理はない。

ほぼ間をおかず、たて続けに、女房の妙と、息子の進三郎が亡くなっているからだ。

しかも、ただの死に方ではない。

妙は、桜見物の最中に、化物に髪の毛を摑まれ、木の上に引きずりあげられ、その身体を喰《く》われてしまった。

残ったのは、落ちてきた首だけである。

その二日後に、進三郎が死んでいる。朝、咲が目を覚ましたら、布団の中で死んでいたというのである。それも、ただの死体ではない。全身が干からびて、木乃伊のようになった死体であった。

いったい何がおこっているのか。

間宮林太郎は、この件では最初から調べてはいたのだが、妙が首になった時点では、まだ半信半疑だった。何者かが、妙を殺しておいて、それが化物の仕業《しわざ》であると、店の者が皆で口裏を合わせているのではないか——そういう可能性もあったからである。

しかし、当日、現場にいた他の者たちの話を聞いてみると、どうやら、店の者たちが言うことは本当らしい。

そう考えている時に、進三郎が奇怪な死に方をした。

これは、自分たちの手におえる話ではないと考え、間宮林太郎は、遊斎のところへ顔を出したのである。

そもそも、いつもは自分から首を突っ込んでくることのない遊斎が、今回に限っては、早くからからんでいたのは、妙が首にされた時、御殿山の現場に土平がいたからであった。

これはいずれ、間宮林太郎から助っ人の依頼が来るであろうと読んで、あらかじめ土平にあたらせていたからである。

土平は、遊斎とは逆で、こういう事件に首を突っ込むのが楽しい。

悲惨で奇怪な事件であればあるほど、神妙そうなふりをしながら、その口元には笑みを浮かべてしまう性《たち》なのである。

だから、間宮林太郎がやってきた時には、すでに、遊斎は事件のあらましを理解していたのである。

ちなみに――

ありた屋の事情についても、すでに遊斎はおおまかには把握している。

ありた屋仁左衛門には、進三郎、光の他に、もうひとり、子があった。

源治郎といって、二十八年前に、最初の女房であるおそのが産んだ子だ。おそのは、源治郎を産んだその年の十一月に亡くなり、奇怪な死に方をした妙は、仁左衛門の二度目の女房である。

おそのが死んだ二年後に一緒になり、その二年後に進三郎が生まれたのである。

源治郎は、三年前、二十六歳で亡くなっている。

そういった諸々の事情を肚《はら》の中に入れて、今、遊斎と間宮林太郎は、ありた屋の者たちと向かいあっているのである。

間宮林太郎が、遊斎をともなってありた屋を訪れた時、店の者たちは怪訝《けげん》そうな顔をしたが、

「こちらは、人形町の遊斎先生と申して、色々と妖しの世界のことには通じておられるお方で

な、かような事件の時には、いつも御助力をお願いしておるのだ」

間宮林太郎が説明すると、怪訝そうな表情は消えぬながら、仁左衛門をはじめとする店の者たちも、そこそこには納得したような顔つきになって、今、ふたりはこうしてこの場に座しているのである。

「だいたいのところは、すでに遊斎先生も御承知じゃ。しかし、あらためて、訊ねてみたいこともおありのようでな。すでにわたしに話したことであっても、遊斎先生から訊ねられたら、今一度、話をしてもらいたい――」

間宮林太郎は、一同に向かって言った。

皆の視線が、あらためて遊斎に集まった。

遊斎は、正座をして、腿《もも》の上に両手を静かに置いている。

杖は、家にあがる時に預けてあり、二胡は今、座した遊斎の左側に置かれている。

間宮林太郎は、遊斎の右側に座している。

皆の注意が遊斎に向けられているのも、理由がある。

白い髪、支那の人間が身につけるような服、江戸の街には他にいそうにない風体の遊斎のことが、皆、気になっていたのだ。

しかし、あからさまに視線を向けるわけにもいかず、これまでちらちら視線を送っていただけであったのが、遊斎に、話がふられたことで、皆が安心して遊斎に視線を向けてもよいことになったからだ。

「では、お訊ねします」

柔らかな声で、遊斎が言った。

「まず、櫛のことからうかがいましょうか」

「櫛？」

仁左衛門が不思議そうな顔をした。

「ええ」

「櫛が、何か――」

「亡くなられたお妙さんは、その日、赤い櫛を髪に挿していらっしゃったとか――」

「その通りですが……」

「その櫛、しばらく見あたらなかったとうかがっておりますが」

「はい、よく御存じですね」

「いったい、いつ頃から、その櫛は見あたらなくなっていたのですか？」

問われて、仁左衛門は、

「はて――」

と、助けを求めるように、他の者に視線を向けた。

すると、

「ひと月近く前だったと思いますが……」

仁左衛門のかわりに、口を開いたのは、女中頭の富であった。

「見つかったのは？」

「あの日、お出かけになる日の二日ほど前だったと思います」

「大事にされていた櫛でしたんでしょうね」

「ええ。家にいらっしゃる時にもよくお使いになっていらっしゃいましたし、お出かけになる時にも、度たび……」

「どうして失くなったんでしょう」

「さあ……」

「使っていて、どこかに落としたとか？」

「よく、存じあげません」

「最初に失くなったことに気がついたのは、どなたですか」

「御本人のお内儀さんです。何かの用事でお出かけになる時に、見つからないと――」

「それが、ひと月前――」

「ええ」

「いつもは、どこに置いてあったものなのですか――」

「お出かけの時に、髪を整えたり、紅を刷《は》いたりするお部屋がございまして、そこだったと思います。そこでは、よくわたしも、お世話をさせていただいておりました」

「部屋のどこですか――」

「鏡の横に、これくらいの、櫛や簪《かんざし》を入れておく、小さな箪笥《たんす》がございまして、その引き出しの中に――」

「いつも入れていた？」

「はい」

「では、お出かけの時に、そこになかったということですね……」

「そうです」

「それで、見つかったのは、どこでしたか？」

「その箪笥の引き出しの中です」

「前に捜したのに見つからなかったのが、実はその中にあったと……」

「そうです」

「見つけたのは、お妙さん？」

「そうです、お内儀さんが、見つかった、あってよかったって――」

「不思議ですね。前に捜して、見つからなかったのでしょう……」

「よくあることでしょう」

遊斎が言うと、
そう言ったのは仁左衛門であった。

「捜しても見つからない。しかし、実は何度も捜したはずのところに失《う》せものがあったということは――」

「そうですね」

遊斎は、うなずき、

「その櫛は、今、見ることができますか」

富に向かって言った。

「はい……」

富が、そう言って様子をうかがうように、仁左衛門を見た。

「持ってきなさい」

仁左衛門は、うなずいてそう言った。

富が立ちあがった。

富は、すぐにもどってきた。

手に、赤い布に包んだものを持ってきた。

遊斎の前に座して、両手でその赤い布に包んだものを畳の上に置き、指先で前に押し出した。

「こちらでございます」

遊斎がその包みを持ち上げて、赤い布を開くと、中から赤い櫛が出てきた。

赤い漆が塗られた木製の櫛で、螺鈿《らでん》で桜の模様が入っている。

「なるほど……」

遊斎は、それをしげしげと見つめ、

「この櫛を、二、三日、お預かりしたいのですが、よろしいでしょうか――」

今度は、富にではなく、仁左衛門に向かって言った。

「それはかまいませぬが、どうして……」

「今度のことについて、何かわかるかもしれません……」

「何か？」

「ええ」

遊斎がうなずく。

「どうして、この櫛がしばらくなくなっていて、何故、もどってきたのかという、そのようなことがです」

「それが、今度のことと、どのような関係が――」

「調べてみてからですね」

遊斎の言葉は、いちいちが謎《なぞ》めいている。

「しかし、遊斎先生、調べると言っても、何を、どのように……」

これは、遊斎の横に座している間宮林太郎が問うてきた。

「まあ、色々と方法はあるのですが、神《かみ》よせでもいたしましょうか」

「神よせ？」

「この櫛に神を降ろして、色々お訊ねするのです……」

「ほう!?」

「まあ、ひと晩もあれば、なんとかはなるでしょう」

「ひと晩？」

「どこぞの、人気《ひとけ》のない社にこもらねばなりませぬが……」

「社とな――」

「根岸《ねぎし》のあたりに、おきつねさんと呼ばれる稲荷《いなり》がございましたね」

「ええ、確かに――」

「あまり大きな神が降りてこられてもこちらがたまりませぬ故、あの稲荷であればほどがよろしかろうと……」

「あそこなら、まわりは畑じゃ。社にも人はおらぬ」

「勝手に使いまするが、よろしゅうございまするか――」

「寺社奉行に、いちいち言うほどのこともあるまい。言えば、かえってややこしゅうなるということもあるでな」

「では、明日の晩でも……」

「うむ」

間宮林太郎はうなずき、仁左衛門を見やり、

「かような子細じゃ。この櫛、三日ほど預らせてもらうが、かまわぬかな」

そう問うた。

「なんなりと。お妙や進三郎が、どうしてあのような死に方をしたのか。それをつまびらかにしていただけるのなら、こちらも願ってもないことでござります……」

仁左衛門は、小さな身体をさらに縮めて頭を下げたのである。

「それから、もうひとつ――」

遊斎が言った。

「なんでしょう」

「亡くなられたお妙さんですが、仁左衛門さんの二度目の……」

「妻でございました」

「前の奥さまのお名前は、確か――」

「おそのでございます」

「その、おそのさんとの間に生まれた源治郎さん――三年前に亡くなられたとか――」

「はい。その年、御存じのように、江戸中で悪い風邪が流行りましたが、その風邪であっけなく……」

「そうでしたか――」

遊斎はうなずいた。

「その源治郎さんだが、亡くなったのは幾つの時だったかね」

間宮林太郎が訊ねた。

「二十六の時で……」

「二十六と言やあ、いい歳だ。どこかに決まった女《ひと》でもいたんじゃあねえのかい?」

「それが、なかなかの奥手で、わたしの方でも、色々世話をやこうとしたんですが、いっこうにその気がないようで――」

「そりゃあ、ありた屋さんも、気が気じゃあなかったろう。店の後継ぎのことも考えなきゃあならねえからなあ――」

「少し、やかましく言いすぎたかもしれません。わたしとしちゃあ、嫁をもらわずとも、生きていてくれさえすればと、今も時々、思うんでござりますが……」

「ああ、こりゃあ悪かった。お役目たあいえ、つまらねえことを思い出させちまったねえ――」

「いいえ、そのようなことは……」

仁左衛門は、花がしおれるように、また、頭を下げた。

それから、しばらく、遊斎と間宮林太郎はあれこれとありた屋の者たちに訊ねていたのだが、彼らの口から出たのは、あらかじめ、遊斎が耳にしていたことばかりであった。

ほどなくして、遊斎と間宮林太郎は、いとま乞《ご》いをして、ありた屋を辞したのであった。

（二十三）

翌日の昼前――

人形町の鯰長屋に、遊斎を訪ねてきたのは、進三郎の妹の、光であった。

遊斎は、独りだった。

訪う女の声がして、遊斎が戸を開けると、そこに光が立っていたのである。

「よかった。もしかしたら、もう、根岸の方へいらっしゃったのかと思っておりました」

光は、小さく頭を下げた。

他に連れの気配はない。

光は独りでここまでやってきたらしい。

人目を避けたい様子が見てとれたので、

「どうぞ——」

遊斎は、光を中へ招き入れた。

中の様子に、光は、

「まあ——」

と驚きの声をあげ、ふたりが向きあって座すまでに、多少の時間がかかっている。

「すぐに、もどらねばなりません」

座すなり、光はそう言った。

「嘘をついて、家を出てまいりました。ここへわたしがやってきたことは、誰も知りません——」

どのような嘘をついたのかはわからないが、ただ独りでの外出である。あまり時間がないというのは本当のことであろう。

「では、さっそく、御用件をうかがわねばなりませんね」

「昨日の続きです」

その声が硬い。

緊張しているためである。

しかし、その顔色が白い。

緊張のため、血がうまくめぐっていないようであった。

息をつめながら話しているのがわかる。

「続き?」

「身内の恥になることですので、あの場でわたしが申しあげるわけにもいかず、こうして、ひとりで足を運んできたのです。これからどういうことになるにしろ、このあとわたしがお話し申しあげることが、わたしの口から出たということは、くれぐれも内密にしていただきたいのです……」

「もちろんです」

「わたしがここへ来たことも——」

「承知いたしました」

遊斎がうなずくと、光は、ほっとしたように息を吐いた。

「こちらへ来る前に、あなたさまのことは、色々、噂を聞いてまいりました」

「どのような噂です?」

「あの……」

「よい噂ではありませんね」

「いいえ」

光は小さく首を振って、

「色々の不思議をなさるそうですね」

頭のよさそうな、直《すぐ》な眼を遊斎に向けた。

「不思議?」

「近所の子供に訊ねました。大人に訊ねるより、よほど、子供の方が信用できますので——」

「おっしゃる通りです」

「子供と一緒に、土の中の魚を釣ったり、首無しの幽霊を捕まえたり……」

「別に、捕まえたわけではありません」

「大事なのは、子供たちが、みんな、あなたさまのことを好いていて、笑顔であなたのことを話してくれたことです——」

「いつも、飴をあげているからでしょう」

遊斎の言葉に、光の身体から、少しずつ緊張が抜けてゆく。

「それよりも、お急ぎならば、お話の方を——」

「そうでした」

光はうなずき、座した膝を整えて、二度、三度、迷ったように何度か唾を呑み込んでから、

「手短かに申しあげます。わが兄進三郎と、母の妙を殺したのは、嘉兵衛です」

そう言った。

「嘉兵衛!?」

「ありた屋の番頭の嘉兵衛です」

覚悟を決めたように、光は言った。

「いったい、どういうことでしょう？」

遊斎は、優しい声音で言った。

「お話し申しあげます」

覚悟を決めたあとの光の顔に、血の色がもどっていた。

「三年前に死んだ源治郎兄さんは、病気で亡くなったんじゃあありません……」

光が言う。

「どうして、亡くなったんですか？」

遊斎が訊ねる。

「毒です」

「風邪ではなかったと？」

「はい。毒を盛られて死んだんです」

「いったい、誰が毒を盛ったのでしょう」

「母と、兄です」

「お妙さんと、進三郎さんということでしょうか――」

「そうです」

光がうなずく。

「何故ですか？」

「兄の源治郎ですが、実は父の本当の子ではなかったからです」

「ほう……」

遊斎は、興味深そうに低い声をあげ、

「産んだのは、おそのさん？」

そう問うた。

「だと思います」

「それで、進三郎さんとお妙さんが、源治郎さんを殺したと？」

「はい」

「もう一度うかがいますが、それはどうしてなのでしょう」

「母は、自分の本当の子である進三郎兄さんに、ありた屋を継がせたかったんだと思います……」

「なるほど、それで筋は通りますが、お妙さんと進三郎さんを殺したのが、嘉兵衛さんであるというのは、どういうことなのですか――」

「母と兄に毒を盛られて殺された源治郎が、実は嘉兵衛の子供だったからです」

「それは、つまり、嘉兵衛さんとおそのさんが密通していたということになりますが――」

「その通りです」

「それは、あなたが頭の中で考えていることですか、確かな証拠があって、言っていることですか……」

「証拠はありません。でも、間違いないことだと思っています」

「間違いないという根拠は何なのですか――」

「証拠は根拠は、と問われても困るのですが、わたしはそう確信しています」

「確信？」

「この話が出た時、父は否定しませんでしたから――」

「その話の出どころは？」

遊斎が問うと、光は言い難《にく》そうに口ごもった。

「おっしゃりたくないのですね」

「母です」

覚悟を決めたように、光は言った。

「お妙さん……」

「ええ、母がそう言っていたのです」

「あなたに？」

「いいえ、父にです」

「仁左衛門さんにということですね」

「ええ」

「何と言っていたのですか？」

「源治郎は、あなたの子ではないんでしょうと――」

「仁左衛門さんは、その時、それを否定しなかったと？」

「はい」

「どうして、あなたがそれを知ったのですか？」

「立ち聞きをしてしまったのです」

「偶然に？」

「ええ。家の裏手に土蔵があるのですが、その中で、父と母が話をしているのを耳にしたのです。土蔵の横に、桜が生えていて、その桜が咲きはじめた頃です。確か、お富が、土蔵の桜がもう三分咲きですよと教えてくれたので、見に行ったのです。その時に、土蔵の中から声が聴こえてきたのです。父と母の声でした」

「ふたりは、あなたが立ち聞きしたのを気がついたのですか――」

「たぶん、気がつかなかったと……」

何か、聴いてはいけない話のような気がして、光はすぐにその場を立ち去ったのだという。

「家の者に聴かれたくない話は、父も母も、よく土蔵でしていましたので――」

「それが、いつのことですか？」

「三年前、兄源治郎が死ぬ半年ほど前のことだったと思います」

「毒の件については、どうして知ったのです？」

「やはり、土蔵でふたりが話をしているのを耳にしました」

「それも、偶然に？」

「いえ、これは、知っていて、立ち聞きをいたしました」

「どういうことですか？」

「父と母の会話のことが、あれから頭から離れなくなって、ずっと気になっていたのです。このことについて、進三郎兄さんは知っているのかと、そういう眼で見ておりますものですから、母と進三郎兄さんが、何かを隠しているのではないかということを、なんとなく感じとってはいたのです――」

そういう時に、妙と進三郎が、申し合わせたように、土蔵の方へ姿を消すのを見たのだという。

それで、少し間を措《お》いて、土蔵の方へ足を向けたのだという。

そこで耳にしたのが、

〝いい薬が見つかりましたよ〟

という、進三郎の声と、

〝どんな薬だい〟

と訊ねる、妙の声であったというのである。

〝飲んでも、すぐに死ぬわけじゃあないんだけどね。まず風邪のような症状が出て、その後熱が出て、そのまま死ぬ――〟

「それを耳にしたのはいつですか――」

「源治郎兄さんが死ぬ半月ほど前だったと思います」

落ちついた声で、光は言った。

「で、進三郎さんとお妙さんを殺したのが、嘉兵衛さんだというのは？」

「その時の土蔵での会話で、〝源治郎の本当の父親は番頭の嘉兵衛だからね〟と、母が言うのを耳にしましたので――」

〝あんなやつに、ありた屋を渡すわけにゃいかないよ〟

妙が、進三郎さんにそう言っていたというのである。

「で、お妙さんと進三郎さんが、自分の息子で、ありた屋を継ぐものとばかり思っていた源治郎さんに、毒を盛ったことを知った嘉兵衛さんが、息子の仇を討つために、ふたりを殺したのではないかということですね」

「その通りです」

光がうなずくのを見て、

「ふうん……」

と、遊斎は腕を組んだ。

「何か？」

「それにしても、まだ、幾つかわからないことがありますね。それに――」

「それに？」

「気になることがひとつ――」

「何でしょう」

「あなたのその身の上です」

「身の上？」

「あなたが、今、口になさったことが、全部本当のことだとするなら、あなたの身の上にも危険がおよぶかもしれないということですね……」

「わたしに、危険？」

「お妙さんと進三郎さんを殺したもの、、が、もしかしたら、あなたもふたりの仲間であろうと考えて、何かやってくるかもしれないということです……」

「まさか」

「いいえ。充分に考えられます」

急に、光の顔に不安の色が浮かんだ。

「いそいでもどらねばならないとおっしゃっていましたが、今日は、帰らずに、ここに残っていただきますよ」

「今日、ここに？」

「このあと、土平という飴売りがやってきますが、この土平にあなたを守らせましょう」

「わたしを？」

「そうです。何事もなければ、それでいいのです。もし何かあった時には、土平があなたを守るでしょう」

「…………」

「ひと晩です。わたしの方は、この件については、今晩、あの赤い櫛を使ってある呪法《ずほう》を試みるつもりでいます。その結果次第ですが、しばらく、土平にあなたの身体をあずけることにいたしましょう……」

有無を言わせぬ口調で、遊斎は、そう言ったのである。

（二十三）

遊斎は、冷たい床の上に座して、二胡を弾いている。

この国――本朝の旋律ではない。

遠い、異国の響きがある。

天竺《てんじく》か、波斯《ペルシア》か、西の果ての国の旋律であろうか。

その音が、ゆるくうねりながら伸び、時に高く、時に低く、闇の中に流れてゆくのである。

胡座した遊斎の前に、赤い櫛が置かれている。

妙が髪に挿していた櫛だ。

その横に、小ぶりの瓶子がひとつ。その瓶子の口には、木の栓がはめられている。

左横に置かれているのは、遊斎がいつも手にしている杖であった。

遊斎が、口の中で何か唱えている。

唄のような、異国の呪のような、どこか哀切な響きを持った声であった。

小さな祠《ほこら》であった。

それでも、十畳ほどの広さはあるであろうか。

遊斎が向いた北の壁に棚がしつらえてあって、そこに、向き合わせになった狐《きつね》の像がふたつ並んでいる。

遊斎が背にしているのが、この祠に入ってくるための観音開きの扉であった。

左の壁に背をあずけて、間宮林太郎が座している。

左の片膝を立て、剣を左肩に立てかけるように、両手で抱え込んでいる。

外は、暗い。

わずかながら、月の光がありそうな夜の色であった。

狐の像が載せられた棚をはさむように、左右の床に一本ずつ燭台が置かれ、それぞれに蠟燭が立てられて、そこに炎が燃えている。

それでも、闇が濃い。

部屋の隅や、あちこちに、うずくまる黒い獣の背のように闇がわだかまっている。

すでに、夜半を回っている。

「こんなことでよいのですか、遊斎どの――」

間宮林太郎が、不安気につぶやいた。

二胡を弾く手が止まった。

「気長に……」

唄うのをやめて、遊斎がつぶやく。

「夕刻から始めて、かなりの刻が過ぎているが……」

「うまくゆくかゆかぬかは、明日の朝になればわかりましょう」

言って、遊斎は、また二胡を弾きはじめた。

再び、遊斎の喉から唄が滑り出てくる。

幾許《いくばく》かの刻が過ぎて、ふいに、

「まいりましたよ……」

遊斎がつぶやいた。

「なに!?」

間宮林太郎が、あずけていた背を壁から離した。

遊斎の、二胡を弾く手は止まらない。

やがて——

みしり、
みしり、
と、木の軋《きし》る音が聴こえてきた。

祠の周囲をかこんでいる回廊状の板まであがってくる階《きざはし》の軋る音であった。

ほどなく、扉の向こうに、何かが立ち止まる気配があった。

きいいいい……
と、扉が引きあけられる音がした。
黒い影が、そこに立っている。
二胡の音が止んだ。
「どうぞ、お入り下さい」
遊斎が、扉に背を向けたまま言った。
ぎ、
ぎ、
ぎ、
と、床を低く鳴らしながら、黒い影が入ってきた。
遊斎が、ここで、ようやく二胡と弓を置き、足を組みかえて、後方をふり返った。
暗いふたつの灯りが、その影の顔を照らしていた。
そこに立っていたのは、ありた屋の主、仁左衛門であった。
顔色が、青い。
この時には、すでに間宮林太郎は、剣を左手に下げて、遊斎の横に立っている。
「あなたでござりましたか……」
遊斎が言う。
「仁左衛門にござります」

仁左衛門が、涙を煮るような声で言った。

「どうぞ、そこへ……」

遊斎が言うと、仁左衛門がそこにちょこんと座した。

正座である。

「間宮さまも、どうぞ」

遊斎にうながされ、

「う、うむ……」

間宮林太郎が、遊斎の横に座した。

「どうしてここへ?」

遊斎が問う。

「あなたさまが、ここで、何やらとりおこなうとのこと。それが気になりまして——」

仁左衛門の眼が、微《かす》かに光る。

「これのことでしょうか」

遊斎が、左手に握っていたものを床の上に置いた。

赤い、櫛であった。

遊斎、ふり返る時に、床に置いていた櫛を左手に取ってから、足を組みかえたのであろう。

ひくりと鼻の穴をふくらませ、

「おう……」

仁左衛門が、声をあげる。

「それで、何かわかりましたか……」

仁左衛門が問うてくる。

「はい」

遊斎がうなずく。

「何がでござりましょう」

「お妙さまと、進三郎さんをだれが殺したかということが……」

「いつ?」

「たった今です」

「今?」

仁左衛門の言葉に、遊斎が沈黙する。

ごくり、
と、間宮林太郎が、唾を呑み込む音が響く。

「あなただったのですね」

「わたくしのことですか」

「はい」

「何のことでしょう」

「ですから、お妙さまと進三郎さんを殺《あや》めたのがです……」

「何をおっしゃいますのやら――」

「わたしたちを殺すために、やってきたのでしょう」

「とんでもないことを……」

「だって、あなたは、畏《おそ》れておいでです……」

「何をです？」

「この臭いのことに……」

「臭い？」

ぴくりと、仁左衛門の鼻が動く。

「この櫛の話をいたしましょう」

遊斎が、再び櫛を手に握った。

「櫛？」

「この櫛を使って、何かなさいましたね」

「はて？」

「櫛をお領かりして、ここで呪法をとりおこなうと申しあげたのは、あれは嘘だったのです
……」

「嘘？」

「あなたをおびき出すための嘘ですよ」

「…………」

「昨日の時点では、まだ、誰がお妙さまと進三郎さんを殺めたのか、わたしにはわかっておりませんでした。それで、この櫛を使って呪法するという話をし、わざわざその場所まで、あの場で口にしたのです――」

「――――」

「一度でも、呪法を試みた者は、呪法を信じ、呪法を畏れます。それが気になって、確かめずにはいられなくなります。それで、あなたは、ここへやってきた……」

「何をおっしゃいます」

「ただ、わからないことがあります」

「わからないこと?」

「それは、あなたが、どうして、お妙さまと進三郎さんを殺めねばならなかったのかということです」

遊斎が言うと、仁左衛門は、座したまま両手を床につき、身体をまわしてふたりに背を向けた。

その肩と首が下がっている。

その身体が、小刻みに震えていた。

どうやら、仁左衛門は泣いているらしい。

おう……

おおう……

おおおう……

ひいいいいい……

仁左衛門の噎《むせ》び泣く低い声が、闇に響いた。

「だって……」

仁左衛門が、声をやっと絞《しぼ》り出すように言った。

「だって、遊斎さま、あのふたりは、わたしの可愛い源治郎を殺したのですよ……」

その声が震えている。

「しかし、進三郎さんは、あなたの息子さんではありませんか？」

「そうです。ですから、はじめは進三郎を殺すつもりはなかったのです……」

「それが、どうして？」

「だって、進三郎は、誰が妙を殺したのか知ってしまったのですよ。つまり、わたしが、誰が源治郎を殺したのか知っていることを知ってしまったのです……」

「なんと……」

「これは、店を守るためには、進三郎にも死んでもらうしかないではありませんか」

「それで、息子さんを――」

「いけませんか」

落とした肩の向こうで、ゆっくりと、仁左衛門の首が起こされてゆく。

「ですから、あなたたちにも死んでいただきますよ」

首が、正常の位置まで起こされていた。

しかし、首の動きはそれで止まらなかった。

ゆっくりと、首が天井を見あげてゆく。

「だって――」

天井を見あげながら、仁左衛門が言う。

「だって?」

「わたしは、息子の進三郎を殺してしまったのですから――」

ふいに、仁左衛門の首が、こちらを向いた。

通常のふり向き方ではない。

横ではなく、縦であった。

首だけが、のけぞるように天井を向き、その首がさらに折れ曲がって、遊斎と間宮林太郎を逆さの顔で睨んだのである。

その唇が、にいいっ、と笑っている。

みちっ、
みちっ、
と、音がしていた。

仁左衛門の身体の骨が、変形してゆく音だ。

仁左衛門の身体が、歪んでゆく。

それに耐えきれず、

「化物！」

間宮林太郎が、抜刀していた。

抜刀はしたが、間宮林太郎、斬りかかることができない。

眼の前のあまりに奇怪な光景に、魂を奪われてしまっている。

仁左衛門は、犬のように四つん這《ば》いになっている。

しかし、背中が下、腹が上を向いている。

両手を床についているのだが、その指先は後ろに向けられている。

両足を床につけたまま、仰向けにのけぞっていって、両手を床についたかたちだ。

着ているものの裾がはだけて、股間《こかん》から、おぞましいものが天を向いて立ちあがっている。

長さ、一尺半はあろうかという男根であった。

まるで、犬の尾のようだ。

「犬神法で作った犬神が憑いたのですね」

遊斎は、左手に瓶子を握って立ちあがった。

「お妙を殺し、た後、犬神を、放って、おくわ、けにもゆきま、せぬでな、自身に憑け、て飼うことに、したので、すよ……」

もはや、人の声ではない。

動物が、無理に、人の言葉をしゃべっているような声であった。

仁左衛門の鼻が尖《とが》り、牙が伸びている。

「この赤い櫛を使って、大神法をやったのですね」

「おう、そうよ、そ、その、櫛を使《つこ》う、た、たの、じゃああ……」

仁左衛門の上顎から、
ぬうっ、
と、二本の牙が伸びた。

「と、とらまるうううをををを、くくく首まあああああでええええ、う、埋めてよおおおお、そのお妙のおおおおお櫛を見せてよおおおお、叩いたのじゃ、うううううう飢えさせええええええたのじゃあああああ……」

仁左衛門が、じわりと前に出てきた。

「くくくく苦しませてよよよよ、とらあまあるを、いじじめてよおおお、そのたびびびに、その櫛ををみみみ見せててててよよ、臭《にお》いを嗅がせせせてよよ、くくく櫛のぬぬぬしにに恨みを抱かせてよ、そそそれで、とらまるのの、く首を斬って、いいい犬神をを解き放ったのよよよよ……」

しゃべっている仁左衛門の眼が、くるりくるりと裏返って、黒眼になったり白眼になったりしている。

髪はほどけて、垂れ下がっている。

「なあああんで、お妙はああ源治郎を、殺したのかああああのう……」

しゃべりながら、仁左衛門は泣いている。

血の涙がこぼれている。

「わわしゃああ、好きだったにようう。愛しゅゅゅゅゅゅう思うてえええいたによおおおお……………」

泣きながら、逆さになった首を、左右に捩《よじ》っている。

そのたびに、髪が、ざわんざわんと揺れる。

「しゃあああああっ‼」

吼《ほ》えた。

たまらず、

「ちぇいっ！」

間宮林太郎が斬りつけると、その刃をかわして、仁左衛門が跳《と》びあがり、天井に四つん這いにしがみついて、
ざざざざざ、
っと、不気味な速度で天井を這った。

「間宮さま、こちらへ――」

遊斎が、間宮林太郎に声をかける。

「それは、ただの犬でも人でもありませぬ。通常の技では歯が立ちませんよ――」

間宮林太郎が、青褪《あおざ》めた顔で、唇を噛んだ。

「くひひひひひひいいいいいっ！」

天井で、仁左衛門が笑った。

「くけっ!!」

仁左衛門が、天井から間宮林太郎に向かって跳びかかってきた。

間宮林太郎が、逃げる。

間に合わない——と見えた時、
ぴしゃり、
と、仁左衛門の顔に、何か水のようなものがかけられた。

「えげっ」

仁左衛門が、声をあげて、床の上に転げ落ちた。

異様な臭気が、あたりに満ちた。

獣臭である。

強烈な臭いだ。

遊斎の左手に、栓の開けられた瓶子が握られていた。その中に入っている液体を、今、遊斎が、仁左衛門の顔にかけたのだ。

「それは!?」

抜刀したまま、遊斎の横に並んだ間宮林太郎が問うた。

「狼《おおかみ》の小便です」

遊斎が言った。

「平賀源内先生にお願いして、融通《ゆうずう》していただきました――」

「な、な……」

「犬は、狼の臭いをいやがりますからね――」

犬は、通常、狼に捕食される生物である。

野良犬が、山に迷い込んだら、数日のうちに狼に襲われ、食われてしまう。

鹿や兎も、狼の小便の匂いのするところへは近づかない。

遊斎は、床の上に、瓶子の中から狼の小便をこぼしながら、丸く輪を描いて自分たちの周囲をかこった。

「間宮さま、この輪から外へお出になりませぬように――」

「この輪?」

「犬は、この輪の中には入ってこられませぬ故――」

「わ、わかった」

間宮林太郎がうなずくのを確認してから、遊斎は、瓶子を床に置き、杖を右手で拾い、狼の小便で描いた輪から、外へ、軽くひと足前に踏み出した。

続いて、もう一歩。

「あがああ……」

仁左衛門の顎が、大きく大きく広がっていた。

その口の中に、緑色に光る火の玉が出現していた。

それが、だんだんと大きく育ってゆく。

「ほわあっ！」

その緑色の光の玉が、口から吐き出された。

暗火魂だ。

それが、宙に浮いた。

大きさ、一尺余りの光の玉だ。

まるで、水しぶきをあげるように、光の玉の周囲に、細い糸のような光が生え出ている。

「ほわあっ！」

暗火魂が、次々に、仁左衛門の口から吐き出されてくる。

この光に呑み込まれると、身体中の精気を吸われて、木乃伊のようになってしまう。

全部で三つ。

それが、宙を飛んで、遊斎に襲いかかってきた。

遊斎が、杖の先で、暗火魂を打つと、光を撒《ま》き散らして、暗火魂が消滅する。

ふたつの暗火魂が消えた後、残ったひとつが、真上から遊斎を襲った。

ふたつの暗火魂に注意を向けさせておいて、残ったひとつで襲う——そういうつもりの攻撃と見えた。

それを、遊斎は、右手に握った杖の上部でふわりと受けた。

杖の上部で受け止められて、暗火魂は、そこで静止している。

静止してはいるが、じゅくじゅくと音をたてて、飛沫《しぶき》のような光の糸を吐き出し続けている。

ふっ、
と、遊斎がその暗火魂に息を吹きかけると、暗火魂が、ふわりと宙に浮いて、仁左衛門の方に向かって、尾を引きながら疾った。

仁左衛門は、疾ってきた暗火魂を、口を大きく開いて咥え、呑み込んだ。

そして、外へ走り出る。

遊斎は、仁左衛門を追って、扉をくぐった。

濡れ縁に立つと、階の下に、仁左衛門の人犬がいる。

逆さまになった顔で、遊斎をねめあげている。

「出番ですよ、右近先生――」

遊斎が言うと、社の裏手から、

「おう」

と答える声があって、建物の陰から、如月右近が姿を現した。

白の着流しで、左手を袖から出さずに懐に入れている。

右近は、遊斎の右手側から現われて、仁左衛門の左手、四間のところで足を止めた。

仁左衛門――人犬を眺めやって、

「こりゃあ、また、なかなかの趣向だねえ、遊斎先生――」

怯えもせずに、唇の右端を小さく持ちあげて、微笑した。

仁左衛門が、唇をめくりあげ、白い牙を見せて、唸る。

「さて、何を斬りゃあいいんだい、先生？」

「その人犬の尾を……」

遊斎が言う。

それを眺め、

「こいつは、尾というより魔羅《まら》じゃあないか――」

右近がつぶやく。

「どちらでもよいのです。とにかくそれを――」

遊斎が言うと、

「こいつ本人を斬っちまうんじゃ、いけねえのかい？」

「それでは、死んでしまうおそれがありますので……」

「死んでもかまわないんじゃあないのかい」

「そうはいきません。もともとは人ですからね」

「わかったよ……」

右近は、左手を懐から抜いて、袖から出した。

仁左衛門は、唸り続けている。

ごるるるるるる……
えるるるるるる……
跳ねた。
いきなり跳ねて、右近に向かって飛びついてくる。
それを、右近は左に跳んでかわした。
その右近を追って、おそるべき疾さで、仁左衛門が跳びかかってくる。
おそろしく動きが速い。
かわしきれない。
仁左衛門が、
「じゃあああああっ!」
右近の喉をねらって、宙に飛んだ。
右近は、右手で鞘《さや》ごと剣を抜いて、鐺《こじり》で仁左衛門の顔を突いた。
それを、仁左衛門は口を開き、噛んで受け取めた。
仁左衛門が、地面に降り立った。
それでも、まだ、仁左衛門は鐺を噛んで放さない。
がぢっ、
がぢっ、
と、仁左衛門が鞘を噛み割った。

中の刃に舌があたって、舌が切れる。
仁左衛門の口から、血がこぼれ出した。
その口の中に、青い色の炎が点った。
それが、徐々に輝きを増してくる。
暗火魂だ。
そこで、右近は、いっきに剣を鞘から引き抜いていた。
鞘を、仁左衛門の口の中に残したままだ。
仁左衛門の左に踏み込み、
「ちゃあっ!!」
剣を一閃させた。
天に向かって、斜めに突き立っていた尾——魔羅が、その根元から斬り離された。
魔羅が宙に飛んだ。
びゅっ、
と、その斬り口から血がしぶいた。
「ふぉごごっ」
仁左衛門が、咆《ほ》えた。
軽く五尺は宙に飛びあがって、地面に立った。
「しいいいいいいっ……」

仁左衛門の口から、
しゃあっ、
しゃあっ、
という呼気《こき》が洩れる。

その呼気と共に、赤い涎が周囲に飛ぶ。

すでに、鞘は、仁左衛門の口から離れ、地に落ちている。

「こんなところでどうかね」

抜き身の剣を下げたまま、右近が遊斎の横に並んだ。

「さすがです。あの動きの疾い相手の尾だけを斬るなど、右近先生以外にはできませんから
——」

「で、この後は?」

「あの魔羅の尾が、さむらい憑きの元ですから……」

「元?」

「見てればわかります」

「どうなるんだ」

「犬神が、出てきます」

「出てきて、どうなる?」

「ここから先は、まだわたしの思案の外ですので……」

見ているうちにも、血の噴出が止まり、尾の斬り口から、青黒い煙の如きものが、しゅうしゅうと立ち昇ってきた。

「いよいよですよ」

「何がいよいよなんだい」

「犬神が、仁左衛門の身体から離れます――」

その青黒い煙――瘴気《しょうき》が、地上七尺のあたりで、わだかまりはじめた。

ただの煙であれば、次第に大気に溶けて消えてゆくものだが、その青黒いものは、ますます黒く、そこにわだかまってゆく。

時に、その瘴気は、ふいに犬の姿になったり、鬼の顔になったりする。

「遊斎先生……」

声がした。

遊斎の後ろに、間宮林太郎が立っていた。

間宮林太郎は、すでに剣を腰の鞘に納め、右手にあの瓶子を持っている。

「なんじゃ、これは!?」

間宮林太郎が問う。

「これが、ありた屋のお内儀、お妙さんを殺して喰ったものです」

「なに!?」

仁左衛門は、地面の上で、苦しそうに身をよじり、身体をねじって身悶えている。

ふひゅう……

ふひゅう……

その呼気も、青黒い。

だんだんと、その姿が、もとの人の容姿にもどってくる。

やがて、煙が出きって、仁左衛門が、前に身体を伏せて倒れた。

この時には、もう、仁左衛門の姿は人にもどっていた。

ただ、厄介なのは、宙に浮いた青黒い煙の塊である。

それが、鬼の顔になったり、犬の姿になったりする。

実体があるのか、ないのか。

ただ、凄まじい、顔をそむけたくなるような瘴気が、それから伝わってくる。

それは、怒っているようであった。

飢えているようであった。

獲物に襲いかかる寸前の獣が、どこに喰らいつこうかと、相手をねめまわしているようにも見えた。

「これですね」

遊斎は、左手に持った赤い櫛を、持ちあげてみせた。

「この櫛を持っている者を、あれは襲おうとしているようですね」

「ならば、捨てたらどうだね、先生」

右近が言う。

「捨てたら、誰を襲ってくるかわからなくなりますよ」

「あれは、斬れるのかい?」

「残念ながら、あれは斬れません」

すると、間宮林太郎が、

「ならばどうするのです」

そういった。

「ちょうどいいところで、間宮さんが来てくれましたので――」

遊斎は、櫛を懐にしまって、左手で、間宮林太郎が持っていた瓶子を、ひょいと奪いとった。

「な、な……」

遊斎は、瓶子の中に残っていた狼の小便で、自分たちの周囲に、丸く輪を描き、

「よろしいですか、おふたりは、ここから出ないようにして下さいね」

そう言って、空になった瓶子を投げ捨て、自らは、輪の外に足を踏み出して、出ていってしまったのである。

青黒い煙の塊の中から、鉤爪《かぎづめ》を持った何本もの毛むくじゃらの手と、四つの獣の顎《あぎと》が、遊斎目がけて一斉に伸びてきた。

遊斎が、地面に杖を突き立てた。

その杖の傍まで手が伸びてくると、その手が、ふいに形を崩して、もとの煙にもどってしま

う。

顎も同じであった。

遊斎は、その杖を両腕で抱くように左右の手を伸ばし、杖の向こう側で、その手で印《いん》を結んでいる。

微かに笑みを浮かべた唇が動いている。

何かの呪を唱えているらしい。

前後左右から、また上から、顎と鉤爪が遊斎を襲おうとするのだが、やはり、煙に変じて届かない。

おうおおおおう……

うおおおおおん……

宙で、犬神が猛《たけ》っている。

青黒いわだかまりの中に、青い小さな稲妻が、無数に光り、蜘蛛《くも》の巣のようにからみあっている。

そこへ——

宙を飛んできて、遊斎の足元に、ごろん、と転がったものがあった。

犬の首であった。

「それを使え、遊斎よ」

そういう声がした。

遊斎が見やると、境内の入口あたりに、闇よりもなお黒ぐろとした、人影がわだかまっている。

黄色く光る眸と、そして、笑っているような口元が、微かに見てとれるだけであった。

しかし、それだけで、そこに立っているのが、播磨法師であるとわかる。

「とらまるの首じゃ……」

その首は、腐れて毛が抜け落ち、肉のみでなく顎《あご》の骨までもが見えていた。

「おれが見つけてきた。己の身体を使うと、あとがややこしゅうなるでな。その首と櫛があれば、なんとかなろうよ。ぬしならばな……」

「感謝」

遊斎がそうつぶやいた時だけ、一瞬、呪を唱える声が止んだが、すぐにまたその唇が動き出す。

呪を唱えながらしゃがみ、遊斎は足元に転がっていたとらまるの首を両手で持ちあげながら立ちあがる。

左手に首を載せ、あけた右手を懐に入れた。

凄まじい腐臭が、遊斎の鼻をつく。

懐から櫛を取り出し、それを、とらまるの口の中に入れた。

遊斎の口が、動きを止めた。

宙で猛っている犬神が、大きく膨らんだ。

「来よ……」

遊斎が言うと、無数の細い雷電を放つ指に鉤爪をはやした手を無数に伸ばした黒雲が、遊斎に向けて襲いかかった。

「あっ」

と、声をあげたのは、それを見ていた間宮林太郎であった。

間宮林太郎の眼には、黒雲と化した犬神に、遊斎がひと呑みにされてしまうと見えたからだ。

そうではなかった。

その黒雲は、油が煮えてはじけるような音をたてて、遊斎の左手の上に載せられた、とらまるの首の中に、次々と吸い込まれていったのである。

遊斎の手の上に、青や緑の稲妻が光る。

ぴしっ、

ぴしっ、

と、稲妻がはぜる。

そして、黒雲は、全て、とらまるの頭部に入り込んでしまったのである。

入り込み終えた後、

かっ、

と、窪《くぼ》んだ穴となっていたとらまるの両眼から、赤い光がほとばしった。

がつん、

と、とらまるの上下の顎が噛み合わされた。

口の中に入れてあった櫛が、牙に噛み砕かれて、その破片が飛んで地に落ちた。

ぎがっ、
ごじっ、
と、しばらく歯を軋《きし》らせながら、何度か櫛を噛んでいた顎の動きが止まった。

それを見はからったように、遊斎が右手を懐に入れ、一枚の紙片を取り出して、それをとらまるの額の上にのせた。

とらまるは、遊斎の手の上で、静かになっていた。

「すんだようですね」

遊斎が言うと、向こうから、播磨法師がゆるゆると歩いてきた。

「みごとじゃ……」

播磨法師はつぶやき、

「遊斎よ、おぬし、あれを自身に憑けようとしておったろう」

そう言った。

「最後は、それしかなかろうと思うておりましたが、お見通しでござりましたか」

「そんなことをしてみろ。今度は落とすのが面倒じゃ。遊斎に憑いた妖物なぞ、誰も相手にしたくないからのう」

「おかげで助かりました」

「礼はよい」

「それにしても、よう来てくださりました」

「あやつめ──」

と、播磨法師は、倒れている仁左衛門を見やった。

「このおれの口を封じに来よったでな。放っておけばよかったによ」

「はい」

「ところで、遊斎よ。頼みがあるのだが──」

「何でしょう？」

「その犬の首、このおれがもらい受ける」

「おう、それは願ってもないこと。犬神を封じたのはよかったのですが、これをどうしたものかと、実は迷うておりました」

遊斎が、犬の首を差し出すと、播磨法師がそれを受け取った。

「どうなさるおつもりで？」

「歳をとると、夜が長いでな。式《しき》として育て、たいくつな夜には酒の相手をさせるつもりじゃ」

「酒なれば、鯰長屋におこし下されば、いつでもお相手いたしますよ──」

「気が向けば、そうさせてもらおう」

播磨法師は、背を向けた。

「遊斎よ、長く生きるも、なかなか面倒なことじゃぞ。知己《ちき》の者が皆この世からいのうなって、己れ独りじゃ……」

向けた背で、そう言った。

「はい」

「おれも、早う地獄へ行きたいのだが、獄卒どもがおれをいやがって、なかなか呼んでくれぬのさ」

そう言っている間に、播磨法師の足が動いて歩き出している。

その背へ、月光が差している。

「ほどよきところで死ぬがよい……」

その声を残して、播磨法師は、闇の中に溶け込むように去っていったのである。

そこへ——

「遊斎どの——」

間宮林太郎から声がかかった。

「もう、この輪から出てもようござるか?」

「もちろんです」

遊斎は、播磨法師の消えた闇を見つめながら、そう答えていた。

その闇の中に、ぼうっと立つ人影があった。

ありた屋の番頭の、嘉兵衛であった。

（二十四）

「そんなら、あたしも、その場にいたかったですねえ」

大きな掌で、額をぴしゃりと叩いたのは、土平である。

角のあるされこうべ。

唐のものと思われる壺。

伴天連《バテレン》の絵。

得体の知れぬ小物があちこちに置かれていて、古今東西の書物が、そこここに山積みになっている。

それらを横へどけて、やっと出てきた畳の上へ、長い脚をふたつに折って正座しているのだが、土平には、この部屋は窮屈そうであった。

「しかし、あなたがここで、お光さんを守っていてくれたので、わたしたちも安心して動くことができたのですから——」

そう言われても、土平はまだ不満そうに唇を尖《とが》らせている。

「で、仁左衛門は？」

「たぶん、死罪はまぬがれないでしょう」

「まあ、おかみのお妙さんと、息子の進三郎を殺めちまったわけですからねえ——」

膝の上に両手を置いていたのだが、ここで土平は、辛抱できなくなったように、そこに胡座をかいた。

座るのは楽になったのだが、ふたつの膝が広がって、左右に積んである書物に両膝が触れて、さらに窮屈そうになった。

「お光さんの話を聞いた時にゃ、てっきり番頭の嘉兵衛がやったもんだと思ったんですが……」

「あれは、お光さんの思い込みだったということですね」

「しかし、源治郎が、嘉兵衛とおそのさんの子だったたってえのは――」

「それは、間宮さまに問われて、昨日、嘉兵衛本人が白状したみたいですよ」

「それを、早く教えて下さいよ」

土平が、大きな身体をひと揺すりした。

「しかし、仁左衛門はそのことに気づかなかったんですかねえ」

「そのようですね」

「じゃ、気づいたのは？」

「最近のようですよ。お光さんが嫁ぐ少し前。嘉兵衛自身が、本人に頭を下げて、それを告げたんだと――」

「そりゃあ、また、どうして？」

「ですから、嘉兵衛が、誰が源治郎を殺したのか、知ったのが、その頃だったからです――」

「では、お妙殺しは、嘉兵衛と仁左衛門の共謀《きょうぼう》？」

「もうひとり、います」

「もうひとり？」

「上野のあの屋敷に住んでいたのは、源治郎が吉原《よしわら》から身受けしたお夏という女で、色々世話をやいて、その屋敷を手に入れたのも、嘉兵衛のようですよ」

「そりゃあ、自分の息子ですからねえ。いずれ、ありた屋の身代も――」

「でも、嘉兵衛はそのつもりはなかったようですよ。主人のお内儀といい仲になっておきながら、存外に真面目な人間だったようで、嘉兵衛自身は、源治郎に上手に身を引かせ、進三郎がありた屋を継げるようにしようと考えていたようです」

「それで、上野に屋敷を――」

「はい」

「源治郎は、自分の父親が誰であったか、知ってたんですか？」

「嘉兵衛は、言ってなかったそうです。薄々は気がついていたのかもしれませんが……」

「ともかく、源治郎が囲っていたお夏が、色々協力していたってえわけですね」

「ええ」

嘉兵衛自身が、源治郎の死の真相について知ったのは、偶然のことであった。

女中頭の富が、妙の部屋の掃除をしていたら、粉薬《こなぐすり》の包みを見つけたというのである。

何だろうと思って、それを手にとって眺《なが》めていたら、部屋に入ってきた妙が、慌ててその包みを引ったくって、

「この頃、ちょっと具合がよくないもんだから、神田の沢井《さわい》先生のところでもらってきたんだよ」

訊きもしないのに、そんなことを言ったというのである。

その話を、富は嘉兵衛にした。

何か思うところがあったのか、その包みの色や、大きさを、嘉兵衛は細かく訊ねた。

富のいうことを聞いていた嘉兵衛の顔が、だんだん険しくなって、

「このことは、誰にも言うなよ」

そう言ったというのである。

嘉兵衛は、その足で、神田の沢井桃庵《とうあん》のところへゆき、薬のことを訊ねた。

すると、ここ一年、ありた屋の人間には、どのような薬も処方していないという。

それで、嘉兵衛は気がついた。

前々から、おかしいとは、心の隅で考えていたことであった。

実は、源治郎が死んだ翌日、庭で何かを燃やした跡があって、その燃え跡の中に、何かの薬の包みらしい紙片の一部を見たからであった。

それで、妙がいない時に、部屋に忍び込んで捜したら、件《くだん》の包みが出てきた。

その薬を三分の一ほど、別の紙にとって、家で飼っていた猫の餌に混ぜて、しばらく食わせたところ、だんだん猫に元気がなくなり、ものを食べられなくなり、高熱を発して、四日後には死んでしまった。

それで、嘉兵衛は確信したのである。

源治郎を殺したのが誰であったのかを——

そうして、半月ほど迷ったあげくに、仁左衛門にあらいざらいうちあけたということであった。

そのひと通りを遊斎から聞いて、

「たまらねえ事件でやしたねえ……」

さっきとは違った調子の声で、土平は額に手を当てた。

そこへ——

「遊斎先生、いる？」

子供の声がした。

戸が開いて、

「あ、アメ屋の土平もいるぞ」

「ほんとだ」

そういう声が、飛び込んできた。

松吉、次郎助、長吉の三人が、はしゃぎながら入ってきた。

「あいかわらず、本臭せえぞ、遊斎」

「ちらかりすぎじゃ」

「これじゃ、嫁は来んなあ」

口ぐちに勝手なことを言う。

「どうしました?」

遊斎が問う。

「でかい魚がさあ、あっちのお稲荷さんの松の樹の上で、泳いでるんだよ」

「こんなのが三匹さ」

「青いのと、黄色いのと、赤いのが——」

「そのうちの一匹には、翼が生えてるんだ——」

三人が、顔を赤くしながら、次々にしゃべり出す。

「まだ、おいらたちしか知らないんだぜ」

「行こ」

「見に行こ」

「あれを、捕ってくんないかなあ、遊斎——」

これはかなわん——

そういった顔で、土平は頭を掻いた。

「それは、天竺からやってきた、飛行魚だなあ。支那の『山海経』では鰼魚《いぎょ》と呼ばれているな——」

遊斎の唇に、笑みが浮かんでいる。

「それが飛行魚なら、この二胡《にこ》を弾けば、踊るぞ」

「本当?」

「本当さ」

遊斎が、横に置いていた二胡を手にとった。

「行こう」

「見たい」

「行こう、遊斎」

子供たちが言う。

「ならば、ゆこうか――」

遊斎が立ちあがると、
わあっ、
と、子供たちが歓声をあげた。


(完)

あとがき

夢枕 獏

深夜、窓を開ければ、悩ましい風が入ってくる。

新緑の香りをたっぷりと含んだ風だ。

夏が来る。

この風は、いつも悩ましい。

闇の中で、新緑から夜気の中に溢《あふ》れ出した匂いが、たっぷり溶け込んでいるからだ。

ほとんど官能的な、心の底にそのまま届いてくるような匂いだ。

この香りを嗅ぐと、いつも心の中に湧きあがってくる想いがある。

今年の夏は、どれほどのことができるのか。

その期待と不安だ。

これまで、いささかなりとも、何かなしとげた夏があったろうか。ないとは言わない。しかし、やれたことはほんのわずかだ。気持ちとしては、何もできなかったというのに等しい。

これまで、何度この思いを味わってきたことか。

子供の頃は、未来はほぼ無限。何であれ、その道を選びさえすれば、どんなことでもなしとげられると信じていた。

世界征服であれ、宇宙の大発見であれ、未知の山の頂を最初に踏むことだって、何だってできる気がしていた。

それがどうだ。

哀しいほどのていたらくで、脳内で考えていたことの百分の一だってできていない。

ぼくの仕事の書くことについてで言えば、この年齢になってやっと準備ができた——そんなところだ。

あの手やこの手も覚えて、これまでの全ての時間、全てのできごと、体験、思い——それらのあらゆることはまさに、このスタート地点に立つための準備期間であったのだと、今、ようやくわかる。

しかし、わかった時は、ああた、もう六十九歳だよ。

ああ——

もう一回生きたい。

なんとか、今手に入れたものを失なわないまま、もう一回生まれかわって、二度目の一生を書くことに捧げぬきたい——

あるか、そんなこと。

無理だよねえこれは。

せめては、あと十年、熱とおろかさに満ちた時間が欲しい。

しかし、これればかりはなんともならん。

よくわかっております。

もちろん。


そんなわけで、新作です。

新キャラです。

けっこうおもしろい。

この設定で、このキャラで、あれもやりたい、これもやりたいと、脳内には奇想や妄想が湧きあがっているのだが、残り時間が少なくなる一方で、釣りの時間を減らすわけにもいかず、おい、どうする。

どうするよ。

ほんとに。

二〇二〇年五月十日
小田原にて——

以下は、この年の四月に書いたものですが、どこでも活字になっておりません。どこかに残しておきたくて、ちょっと悩んだのですが、この場を選ばせていただきました。掲載にあたって、少しだけ直しを入れました。本編とは直接の関係はありませんが、どうぞ、ご容赦。

静かに、しかし強く、なお強くこみあげてくるもの

心の中に湧きあがってくるものがあるのである。

原稿を書いていても、窓から外を眺めていても、それは湧きあがってきて、消えない。怒りと言えば怒りなのであるが、その半分は哀しみのようなものだ。

それは、うまく表現できないのだが、

「馬鹿だなぁ、人間は……」

という思いのようでもある。

「愚かだなぁ、人類は……」

というあきらめのようでもある。

もちろん、この〝馬鹿〟と〝愚か〟の中には、ぼく自身も入っている。

人は馬鹿で、愚かで、つい保身に走りたくなる。自分が可愛い、そういうものでできている。

だから、できるだけ、人の愚かさを愛そうと努めてきた。許そうと努めてきた。当然ここには下心もある。

だから、ぼくの馬鹿や愚かも許してねという下心である。けっこういやらしい。

こういうことや、これから書くようなことは、あまり声高に発言するものではないとも、ずっと考えてきた。小説の中に書くことはあっても、このような文章で書くというのは、うまく言葉にならないということがわかっているし、誤解も生みやすく、うまく伝える自信もなく、これまでためらいがあったのである。

しかし、この湧きあがってくる思いがなかなか消えない。

小説を書くことや、日常生活の中に、夾雑物《きょうざつぶつ》のように入り込んできて、消えない。なんだか苦しい。

書いてしまえば、多少は楽になるかもしれないと考えて、原稿用紙のマス目を、下手な丸っぽい字で埋めながら、今、この文章を書きはじめたところなのだ。

ぼくは、かつて、何度か国家と戦ったことがある。

正確に書いておけば、戦っている人たちの端っこの方に混ぜてもらって、ささやかな発言をしてきたくらいなのだが、たとえば、意味のないダム建設に反対する運動などを、何度かお手伝いしたことがあるのだ。

具体的に言えば、長良川《ながらがわ》の河口堰《かこうぜき》建設に反対したことであり、川辺川《かわべがわ》ダムの建設に反対したことであり、四国の吉野川《よしのがわ》の河口堰建設に反対したことである。その他いくつか。

こういう運動は、時間と精神とエネルギーをとられるだけで、得られる果実はあまりに少ない。

このような運動は、そもそも選挙の票をどれだけ持っているかどうかで、その行方が決まってくる。たとえば、一国の政治をひっくり返すだけの票を、その運動が持っているのかいないのか。そういう力を持たない運動は、無力に近い。

一票は重いと言ったのは誰だ。一票はあまりに軽い。その軽い一票に、かなしいことに我々はすがらねばならない。すがるしかない。これまで、どれほどの無力感にさいなまれようと、この軽い一票を投じ続けてきた。

原発についてもそうだ。

原発はいかがなものかと、昔も今も思っている。なら、ダムでいいのか。化石燃料でいいのか。太陽光発電、風力発電でよいのかというところで、いまだぼくは答えを持っていないのだ。その理由や細かいことを書けばきりがないのだが。原発のことでいえば、どれだけ理屈や理論で大丈夫と説明されても、一番不安なのは、それを管理するのが人間だからである。

人間が不完全だからだ。


資本主義は、お金を神にした一神教となりはてているし、共産主義だって、似たようなものだろう。これはもう、資本主義がいかん、共産主義がいかんという話ではなく、それを運用するのが人間だからいかんのじゃ、というミもフタもない結論になるしかない。


人間は愚かである。

自分の身は守りたい。

言いわけ大好き。

このぼくもそう。

当然政治家もそう。

答えがない。


これはもう、ただただ仕事をして、釣りをすることを、自分の善として生きてゆくしかないんじゃないいの。

どうなのよ。

ぼくにはわからない。

六十九歳になったが、今もわかんない。

世の中のことのおおかたは、答えがない。正解もない。そのくらいはわかる歳にはなったが、自覚できたのは、自分の愚かさのみである。

ああ――

ひたすら小説だけを書いていきたいのだが、今回ばかりは、しみじみと何ものかがこみあげてきて、こんなクソな言いわけをしつつ、この文章を書き出したのである。


コロナウイルスのことだ。

紀元前五五三年から五四八年にかけて、古代中国の斉《せい》という国に荘公光《そうこうこう》という王がいたのである。

宰相が崔杼《さいちょ》というやり手の政治家だ。

この崔杼が、荘公光を殺して、自分の言いなりになる荘公光の弟を新しい王とした。

これを太史《たいし》が、

「崔杼、荘公を弑《しい》す」

と書いた。

太史というのは、簡単に言ってしまえば国家の記録がかりである。歴史官といってもいい。

「弑す」

というのは、目下の者が目上の者を――つまり、臣下が王を殺すという意味の言葉だ。

すると崔杼は怒って、

「書きなおせ」

と命じたが、太史は、

「できません」

顔をあげてこう答えたのである。

それで、崔杼はこの太史を殺してしまった。

次の太史となったのは、殺された太史の弟である。この弟もまた、

「崔杼、荘公を弑す」

と書いた。

それで崔杼はまた、この弟も殺してしまった。次の太史となったのは、一番下の弟である。この一番下の弟もまた、

「崔杼、荘公を弑す」

と書いた。

これで、ようやく、崔杼はあきらめたというのである。

このこと、司馬遷《しばせん》の『史記』にも書かれている。

もとネタは、さらに昔に書かれた『春秋左氏伝』に記《しる》されている。

かつて、中国においては、これほどに『公文書』というものは重いものだったのである。

なんのことか、わかるよな。

「がんばっている」

「よくやっている」

は、子どもにかけてやる言葉だ。

がんばったことで、許され、称讃されることは、もちろんある。

格闘技であれ、スポーツであれ、敗者にかけられる言葉は、まず、ない。

それでも、我々は、言う。

泣きながら言う。

「よくがんばった」

「よくやった」

これは、しかたがない。

どれだけ、敗者の心に届くかはわからないが、周囲は本当にそう思っているのだ。

誰かを応援するということは、その誰かに自分の人生の一部をあずけることである。だから、応援している者が敗れると、深い喪失感を味わうのである。


しかし、しかし、しかし――

政治は違う。

政治は別ものだ。

「よくがんばっている」
「よくやっている」
でも戦争になってしまいました、はない。
政治は結果だ。
結果が全てだ。
コロナ問題もそうだ。
感染症と闘うことができるのは、医療と政治しかない。
その政治が、今、何をやっているのか。
政治家として、きちんと闘っている人間は、もちろん、いる。
しかし、わずかだ。
何故、多くの政治家が沈黙しているのか。
細かいことは、ここでは書かないよ。
今後、コロナのことで死ぬ人が出てくれば、それは政治のせいであると思う。
その政治や、政治家を作ったのは、我々だ。
このぼくだ。

ぼくは、今、六十九歳、高齢者である。
高血圧、糖尿病だ。

身体はよれよれだ。

感染すれば、命があやうい。

ぼくは、仕事と、釣りと、友人と、そして家族によって生かされている。

困った時は、仕事と釣りにすがって生きてきた。

今のところは、無事だ。

書くべき仕事、書きたいものは、山のようにある。

もう一回、虫に生まれかわっても書いてゆきたい。


今の感触で言えば、書くことで原稿料をいただくようになって、四十数年、やっとこの歳になって、スタートラインに立ったような気がしている。これまでの人生はこれのための準備期間だったとわかる。

これから、やっと、書ける。

ようやく、考えていたこと、やろうとしていたことに手をつけられる。

そう思えるようになった時には、もう七十歳が目の前だよ。

人生なんて、そんなもんだ。

志村さんも、そうだったろう。

どれほど無念であったろう。

いいか、書いておくぞ。

ちゃんと見ているからな。

誰が何を発言したか、どんな目つきをしていたか、忘れないからな。必ず覚えておくからな。

もしも、この命ながらえたら、次の選挙の時、おぼえてろよ。

二〇二〇年四月十二日

◉初出
『小説現代』
「遊斎の語」　２０１４年５月号
「手鬼眼童」　２０１４年11月号
「首無し幽霊」　２０１７年１月号
「桜怪談」　２０１８年４月号〜10月号、「ＷＥＢ小説現代」連載
「火龍改の語」は単行本化にあたり加筆いたしました。

◉参考文献
「桜怪談」
『大田南畝全集 第四巻』（岩波書店１９８７年刊行）より「売飴土平伝」
こちらの現代抄訳は、小林ふみ子法政大学文学部教授にお世話になりました。感謝申し上げます。

夢枕獏（ゆめまくら・ばく）

1951年1月1日、神奈川県小田原市生まれ。77年作家デビュー。『キマイラ』『サイコダイバー』『闇狩り師』『餓狼伝』『陰陽師』などのシリーズ作品を次々発表。89年『上弦の月を喰べる獅子』で日本SF大賞、98年『神々の山嶺』で柴田錬三郎賞、2011年刊の『大江戸釣客伝』で泉鏡花文学賞、舟橋聖一文学賞、吉川英治文学賞をトリプル受賞。他の著書に『大江戸恐龍伝』（全六巻）、『ヤマンタカ　大菩薩峠血風録』など。多数の連載を抱えながら、釣り、観劇、作陶など多彩な趣味を持つ。

大《おお》江《え》戸《ど》火《か》龍《りゅう》改《あらため》

2020年7月6日　第1刷発行

著者　夢枕《ゆめまくら》獏《ばく》

発行者　渡瀬昌彦

発行所　株式会社講談社
〒112-8001　東京都文京区音羽2-12-21
電話　編集　03-5395-3505
販売　03-5395-5817
業務　03-5395-3615

本文データ制作　株式会社新藤慶昌堂

印刷所　株式会社新藤慶昌堂

製本所　株式会社若林製本工場

ISBN978-4-06-520399-6
N.D.C.913 280p 19cm